No women's land

No women's land
se prolonge sur le site www.arenes.fr

Photo de couverture : Isabelle Muñoz
Toutes les cartes sont de Donatien Cassan-Blanc

Éditions des Arènes
27, rue Jacob, 75006 Paris
Tél. 01 42 17 47 80
arenes@arenes.fr

Camilla Panhard

No women's land

Pour Sandrine et
Samer,

Je vous embrasse,

Camilla

Paris 6/06/2016

les arènes

Introduction

Quitter un pays où la vie ne vaut rien, prendre la route par ses propres moyens, s'injecter un contraceptif en sachant que le viol est le prix à payer pour franchir les frontières sans argent ni papiers… Les femmes migrantes affrontent la violence du monde. Je suis partie à leur rencontre en Amérique centrale pour connaître ce qu'elles vivent lors de leur traversée clandestine.

C'est une région à laquelle je suis attachée pour l'avoir découverte avant mes 20 ans. Simone de Beauvoir avait souligné l'importance du voyage initiatique pour les jeunes femmes. Pour peu que l'on possède un bon passeport, cette expérience aide à déployer ses ailes. Pour les autres, le monde n'est pas un lieu de découverte mais de disparition.

La plupart des femmes que j'ai croisées dans les refuges de la route migratoire avaient moins de 20 ans. Elles fuyaient la violence au Honduras, au Salvador ou au Guatemala. Indignées par l'indifférence qui entourait les kidnappings, elles acceptaient de témoigner pour celles qui avaient disparu.

Pour décrire nos rencontres dans l'immensité du territoire mexicain, j'ai relevé des détails : un vernis à ongles, un pantalon trop serré… J'ai essayé de camper chaque femme rencontrée comme si je la prenais en photo. Elles sont en danger tant que personne ne les voit. L'anonymat transforme ces jeunes femmes « en proies dans une steppe », comme me l'a dit une rescapée. Ce livre leur rend leur couleur de cheveux, leur tenue vestimentaire et surtout leur voix.

Les femmes migrantes se font kidnapper en plein jour sans que personne ne fasse rien. Les disparues n'ont pas de papiers. Leur pays de naissance ne vaut pas grand-chose sur l'échiquier mondial. Elles ne sont pas fichées. Les tortures sexuelles qu'elles subissent sont reléguées dans les pages des faits divers, quand elles ne sont pas ignorées. Elles ont pourtant des idéaux : « Donner à leurs enfants des études en héritage, qu'ils aient au moins trois repas par jour, qu'ils ne souffrent pas autant… »

Quand je suis retournée dans le nord-est du Mexique, la situation avait changé. Ce n'étaient plus seulement les migrants, mais toute la population qui était soumise à la violence du cartel. Sur les poteaux électriques, j'ai aperçu des portraits de disparues comme il y a dix ans à Ciudad Juárez, cette ville frontière où des centaines de femmes avaient été assassinées. Ces jours de terreur dans une petite ville qui faisait comme si de rien n'était m'ont hypnotisée. Je suis rentrée en me demandant comment documenter une guerre masquée avec des victimes qui disparaissent sans laisser de traces. Ce récit est ma réponse.

Pour mon dernier voyage, je suis partie à la rencontre de lycéennes qui risquaient de se faire embarquer sur leur trajet. Elles vivaient dans la banlieue de Mexico, où les quartiers sont verrouillés par des mafias. Entre mon premier voyage et cette dernière incursion, il s'est écoulé cinq ans. Ma liberté de circulation s'est considérablement réduite, car la violence gagne du terrain.

J'ai eu peur, mais partager cette peur avec Paco, Javier, Claudia, Mercedes, Ilka crée des liens très forts. Sans papiers aux États-Unis, activistes ou journalistes mexicains vivent depuis des années avec la peur au ventre. Leurs figures apparaissent aussi au fil de ce récit.

Journaliste, ma motivation est restée la même depuis mon premier voyage avec les migrantes : partir à la rencontre de celles que personne ne voit. Durant cinq ans, j'ai essayé de rapporter des scènes du quotidien d'une violence qui semble n'avoir ni début ni fin. Comme si un nouveau mode de vie s'était installé.

CAMILLA PANHARD

ÉTATS-UNIS
Rio Bravo
Golfe
du Mexique
MEXIQUE
San Luis Potosi
Lecheria - refuge
Mexico
OCÉAN
PACIFIQUE
BELIZE
Arriega - refuge
GUATEMALA
HON
Tapachula
SALVADOR
500 km

La traversée

> **« Ainsi commença notre traversée : sans argent, avec de la violence. »**
>
> Yohanna, 27 ans, Guatemala City

Sous le préau, deux jeunes femmes fixent une carte routière en silence. Tapachula-Houston = 2 900 kilomètres, dit la légende. L'une et l'autre sont de petite taille, la grande carte placardée les écrase, comme si en traversant le fleuve frontalier elles avaient rapetissé. L'une se tient légèrement penchée. L'autre répond *oui* lorsque je lui demande si elles ont été braquées.

C'était il y a une heure à peine. Elles avaient bifurqué juste avant le hameau El Silencio pour contourner une guérite. À chaque déviation, des bandits armés de machettes, de kalachnikovs ou de pistolets rafistolés attendent les migrants.

Les deux jeunes femmes se préparent à contourner la prochaine guérite installée dans le quartier Viva Mexico. Un jeune homme à bicyclette s'arrête pour leur indiquer le chemin, mais se ravise aussitôt et les enjoint à renoncer.

– Je te l'avais bien dit, soupire l'une.

– Allez, on y va, enchaîne l'autre.

– Vous êtes courageuses, dis-je.

– Non, pas moi ! Pas moi ! répond la petite en portant la main à sa bouche.

Elle s'appelle Griselda et a attendu ses 18 ans pour quitter, seule, le Honduras.

– Elle a perdu sa virginité sur ces chemins. Pas besoin d'aller bien loin pour se faire violer, explique sa compagne alors que le rouge monte aux joues de l'intéressée.

La frontière du Mexique à peine franchie, un prétendu passeur l'a violée. Elle était à deux doigts de finir dans l'un des bordels de cette frontière sud, quand son chemin a croisé celui de Yohanna. Originaire de Guatemala City, cette migrante de 27 ans a une force d'âme extraordinaire.

Depuis quelques années, les bandits préfèrent les kidnappings, plus rentables que les braquages. Avec les femmes migrantes, les profits sont *démultipliés*. Ils les font d'abord tourner dans des pornos. Puis se prostituer. Ensuite, ils demandent à leurs proches une somme pour les acheminer vers les États-Unis. À destination, les femmes sont livrées à un bordel : elles finissent par payer elles-mêmes la rançon de leur libération.

Profitant de l'éloignement de sa compagne de route, Yohanna chuchote :

– Il faut l'aider, elle est très pauvre. Tu sais d'où elle vient ? D'une cabane en feuilles de palmier. Elle n'avait pas de lit et n'a jamais vu un ventilateur.

*

Pour dépanner les migrants avec une soupe et un lit, des prêtres catholiques ont ouvert des refuges où se croisent l'informaticien de Tegucigalpa, l'adolescente de San Salvador et le pêcheur de la côte Caraïbe. Jetés sur la route par les dettes, la violence ou la faim. Ces structures sauvent des vies. Au risque de perdre la leur, laïques et religieux se battent pour que ni les mafias ni les autorités n'aient de prise sur ces lieux, véritables drapeaux blancs sur un champ de bataille.

Dans les dortoirs des refuges, personne ne dort. Les alliances se font et se défont pour affronter la bataille suivante. Le règlement fixe la durée de l'hébergement à trois jours : retrouver un lit alors que des tortionnaires grattent à la porte peut provoquer une détresse terrible.

Avant de s'évanouir, Kristin a poussé un cri. Elle vient d'apprendre que l'argent espéré pour rallier les États-Unis ne lui sera pas versé. Dans quelques heures, ses compagnons de route repartiront sans elle. La voilà seule, larguée dans *l'entonnoir de la mort*, surnom donné à ces terres par les migrants.

– Allez, Mamita, réveille-toi ! Réveille-toi, Mamita !

La doyenne des femmes prend la situation en main. Elle-même a laissé au Guatemala ses jumelles qui ont le même âge que Kristin, 19 ans.

– Allez, Mamita, réveille-toi. Réveille-toi, Mamita ! fait-elle en lui tapotant les joues alors qu'une autre approche le ventilateur.

– Pourquoi ne rentre-t-elle pas chez elle le temps de trouver d'autres appuis ?

– Elle s'est enfuie, je ne crois pas qu'elle puisse…, chuchote une jeune femme.

Quelle violence l'a chassée ? Celle de la famille ou celle des maras, ces gangs qui terrorisent l'Amérique centrale ? Kristin aurait-elle pu demander l'asile ?

Dans sa réalité où aucun médecin n'accourt à son chevet, les questions sont déplacées.

– Je tente de joindre le seul médecin qui accepte de travailler avec nous, mais… il ne répond pas, explique le jeune homme de garde.

– Pff, les hommes de la migra n'en peuvent plus ! s'exclame M. Mack, volontaire du refuge, d'origine chinoise.

– Ils n'en peuvent plus ! répète-t-il à l'envi à propos des femmes qui utiliseraient leur corps comme passeport.

Je lui rappelle les braquages, les viols, la traite. Qu'avant de partir, elles s'injectent du Depo-Provera qui empêche toute grossesse pendant trois mois. Mais il ne m'écoute pas.

– Elles n'ont qu'à rester chez elles. On ne meurt pas de faim en Amérique. Tu as vu ces arbres qui ploient sous les mangues ?

Les mangues me renvoient au récit de Yolanda. Une femme de 50 ans, violée puis jetée d'une voiture à minuit. Après s'être essuyé les yeux, elle avait insisté pour aller au bout de son témoignage au-delà de l'horreur.

– Juste après, j'ai rencontré un homme au volant d'une voiture qui s'est mis à ma disposition pour m'accompagner où je voulais. Il s'est même excusé de ne pas pouvoir m'inviter à dîner : « Je ne peux pas m'arrêter, je suis représentant de commerce », m'a-t-il dit avant de m'offrir deux mangues.

Les mangues sont le fruit le plus sensuel qui soit. Alors j'imagine Yolanda les dégustant, retrouvant goût à la vie, ou du moins une énergie qui lui a permis de repartir. Seule.

*

Il a parcouru près de 270 kilomètres à pied depuis la frontière entre le Mexique et le Guatemala pour rallier un bourg de la côte Pacifique. Nous sommes assis au bord d'un matelas dans le dortoir des femmes du refuge Foyer de la Miséricorde, quartier Sable fin.

Avec sa silhouette androgyne et ses cheveux longs retenus par une pince jaune en plastique, l'homme pourrait être coiffeur ou masseur. Il jouit d'une grande popularité auprès des voyageuses qui attendent de lui qu'il transforme par la magie de son doigté cette cellule de béton nue en un salon Vénus Beauté.

– Tu me fais un massage ? demande une jeune femme.

La conversation sera souvent interrompue par cette demande incongrue.

Il est le seul à accepter de retracer son passage par La Arrocera, un hameau flanqué d'un poste migratoire, l'une des étapes les plus dangereuses de cette traversée. Pour contourner la guérite, les migrants doivent faire un détour d'une vingtaine de kilomètres. Sur les chemins de traverse, les attaques sont systématiques. Les bandits ont construit des nids entre les herbes et des plateformes perchées sur les arbres pour guetter leurs proies.

Il raconte les mille autres hameaux traversés :

– Toutes les maisonnettes sont verrouillées. La seule porte ouverte, c'est celle d'une épicerie où il n'y a que des paquets de chips et du Coca.

Il n'avait envie de rien à part marcher. Une semaine de rando forcenée et les jambes avançaient toutes seules, un courant hystérique les traversait, impossible de les arrêter. Il s'est assis un instant sur un banc. Derrière lui, la jungle le faisait sursauter au moindre froissement. Il n'a pas entendu débouler cinq individus : cheveux longs, armes d'assaut, uniformes militaires, chaussures montantes. « Je te jure c'était un film », dit-il.

– Un regard et je t'éclate le crâne, lui intime un braqueur.

Il baisse les yeux. Il voit les restes humains sur le sol, une femme attachée à un arbre. Inspection des couilles et de l'anus pour trouver l'argent. Un des types trempe son jean dans la boue, lui fait signe de se rhabiller. Le même avec ses ongles noirs lui tend en ricanant un billet de cinq pesos :

– Pour le transport.

Au cours de son récit, le masseur reproduit souvent ce ricanement.

– J'avais mille pesos, je suis passé. La fille, non. Il faut être fou pour entreprendre ce chemin sans un sou. Elle m'avait dit : « Je voyage *dans la main de Dieu.* » Elle s'est collée à nous autant qu'elle a pu. Je lui avais donné à manger, à boire aussi. Certaines couchent pour ça, pour une gorgée d'eau ou une tortilla, c'est triste hein ? Mais *dans la main de Dieu*, que pouvait-elle avoir donc dans le ciboulot ?

– Et vous autres ? Me dites pas qu'ils ont été galants avec vous ? lance-t-il à deux jeunes femmes allongées sur des lits superposés.

Son ton est antipathique, elles baissent les yeux. D'un geste précieux, il retire sa pince en plastique et secoue sa chevelure, noire, épaisse, qui lui arrive jusqu'aux fesses. Il annonce qu'il va repartir, qu'il n'aime pas cet endroit. Je lui demande de parler encore un instant de sa vie d'avant au Salvador, où il était fleuriste et élevait cinq enfants : sa petite sœur et quatre garçons qu'on lui avait confiés.

– Mon commerce était florissant. J'avais des commandes jusqu'au Guatemala et je passais la frontière, des liasses de billets entre les mains. Je n'ai jamais eu de problèmes d'argent. Même maintenant, si je prends ce chemin c'est pour rejoindre ma mère à San Francisco, elle est malade et je dois la remplacer dans son boulot. C'est elle qui me paie le voyage. Où que j'aille, un virement m'attend. Il suffit que je trouve un Western Union.

Alors qu'il se lève, je le retiens par l'épaule :

– Ne dis à personne que tu as de l'argent. Les murs ont des oreilles, ils vont te ficher comme bon à kidnapper.

Son épaule se crispe, je suis étonnée de sentir à quel point elle peut être aussi expressive qu'une main.

– T'inquiète pas pour moi, va, je suis protégé par un gang.

Son ton me semble menaçant. Je viens de commettre une erreur, celle de donner des conseils à l'aveuglette. Par deux fois, j'ai risqué gros en avertissant des dangers de s'en remettre à un passeur sans comprendre que j'avais affaire au passeur en personne.

*

Pour survivre sur les chemins de la migration, il faut agir en espion. Dans les refuges, les téléphones sont sur écoute et les migrants communiquent par messages codés. Ma stratégie : rater systématiquement mes rendez-vous. J'arrive toujours à une heure ou à un jour différent.

Dans les bourgs comme Arriaga où il n'y a que deux hôtels, l'un avec des vitres teintées et l'autre pour les représentants de commerce, il est difficile de circuler incognito, voire de dormir sur ses deux oreilles. Une nuit, quelqu'un a frappé à ma porte et m'a supplié d'ouvrir en m'appelant par mon prénom. Pour me défendre, j'ai mis la télévision à fond. Les chaînes mexicaines raffolent de films d'action : des éclats de voix, une fusillade, une explosion… Un client a fini par tambouriner à son tour et l'esclandre a éloigné le danger.

Le lendemain, la réceptionniste m'avertit que depuis qu'elle me commande des taxis, c'est toujours le numéro 85 qui rapplique. Que faire ? Mon sac et filer prendre le premier bus à la gare routière. C'est une vieille guimbarde, de celles qui foncent portes grandes ouvertes.

Je m'installe juste derrière le chauffeur et découvre, au pied du bus, un homme d'une trentaine d'années avec une dent en or plantée au milieu d'un large sourire : il se présente comme le taxi numéro 85. Le chauffeur me demande :

– Qu'est-ce que je fais, ma petite dame ? Je démarre ?

J'acquiesce, soulagée. Dans ce bus de troisième zone avec un passeport bien classé dans le hit-parade des puissances mondiales et un peu d'argent, les hommes restent galants. Mais je n'oublie pas que la veille, j'étais venue dans cette même gare routière pour accompagner deux voyageuses courageuses. Elles m'avaient demandé de prendre deux billets à mon nom, m'expliquant que si les employés repéraient leur accent centraméricain non seulement ils doubleraient le prix du billet, mais ils le marqueraient d'un signe afin que le chauffeur les rackette à son tour.

*

Elle vient de voyager douze heures d'affilée sur le toit d'un wagon depuis Arriaga, ville de départ du train de marchandises. Après une halte dans ce refuge de l'État d'Oaxaca, elle attrapera un autre convoi qui la conduira dans l'État de Veracruz. Et ainsi, de train en train, de refuge en refuge, elle atteindra peut-être l'ultime frontière.

Le chemin de fer qui porta la révolution mexicaine a été privatisé dans les années 1990. Depuis, plus de trains de passagers. Restent les convois de marchandises et un vaste réseau ferroviaire qui traverse le pays, desservant les 3 200 kilomètres de frontière avec les États-Unis. Ironie de l'histoire, le train est redevenu légendaire grâce au migrant qui en a fait le personnage central de son épopée, le baptisant de toutes sortes de surnoms selon les États traversés : *la bête* lorsque le convoi traverse la jungle du Chiapas, *le ver d'acier* lorsqu'il transperce la verdure de l'État de Veracruz, *le cheval de fer* lorsqu'il s'emballe dans les déserts du nord.

Elle avale une soupe aux brocolis sous les rayons du soleil de la fin d'après-midi.

– Tu n'as pas un pantalon ? demande-t-elle avant de se lever, boudinée dans un jean en velours rose clair, sûrement un vêtement de charité.

– Je m'appelle Sonia et j'ai sommeil, dit-elle en cherchant un coin ombragé où piquer du nez.

– Combien de temps es-tu restée sans dormir ?

– Plusieurs semaines, répond-elle avant de s'allonger sur le ventre et de sombrer.

Dès leur arrivée au refuge, le premier réflexe des voyageuses courageuses est d'ausculter le ballot de vêtements. Trop souvent, il ne reste que des hauts, les pantalons sont rares et les chaussures peu adaptées. Je me souviens du désespoir d'une femme qui devait grimper sur le train le lendemain et ne trouvait que des escarpins. Celui qui dort le mieux gagne la guerre, disent les migrants.

Perchés des nuits entières sur le toit d'un wagon, tous ont vu au moins une fois un de leurs compagnons tomber, victime d'une attaque de sommeil. Au moindre assoupissement, ils risquent de se retrouver sous les roues du train. Certains meurent broyés, d'autres finissent amputés d'une jambe ou d'un pied.

Le seul mur dressé sur le vaste terrain est peint en rose. C'est le premier pan de la future chapelle. Sous le crucifix dort un très jeune garçon, sur le ventre, les bras autour du visage comme pour se protéger.

La voix douce et cadencée de Leyla me revient :

Seul il allait seul et personne ne connaissait son existence/Seul il allait seul et il ne connaissait plus les heures/juste la nuit et le jour, le cauchemar et la folie.

Cette jeune femme avait écrit un poème pour honorer l'un de ces morts anonymes dont elle avait aperçu la dépouille jetée le long des voies.

– Il faut au moins qu'on se voie les uns les autres, avait-elle ajouté.

*

Sonia est assise sur une chaise à l'écart. C'est le rite du départ : enfiler chaussettes et baskets. Je m'attarde sur son expression figée et ses gestes d'automate.

– Et je dois remettre ces chaussettes sales, je n'en peux plus des chaussettes sales, dit-elle d'une voix à peine audible.

Elle ne se sent plus et peut-être ne s'appartient-elle plus. À sa droite un homme guette, le regard aussi allumé que celui de la jeune femme semble éteint.

– Qu'est-ce que vous faites ? demande-t-il avec une jovialité feinte qui fiche la trouille.

J'observe la chaise avec ses pattes crottées de terre, son corps métallique et ses taches de rouille. J'enregistre tous les détails, comme si quelqu'un allait me demander le signalement de Sonia. Elle a le corps imbibé de boue.

Je sors de ma poche une crème apaisante. Elle s'en frotte les bras :

– Vois ma peau, elle est brûlée, mais en dessous il y en a une autre.

Une grimace enfantine se dessine quand elle demande :

– Le plus dur est derrière nous, pas vrai ?

Je suis impressionnée qu'elle soit revenue au monde juste avec une petite caresse de crème.

Un instant plus tard, je l'aperçois qui quitte le terrain, greffée au type. Ils marchent maladroitement comme s'ils faisaient une course en sac. La menace-t-il avec une arme planquée dans sa poche ? Veut-il la vendre ou utiliser son corps ? Combien de peaux devra-t-elle user pour retrouver sa liberté ?

*

Les mères de migrants disparus m'ont fait une place dans leur autocar pour passer l'étape du *triangle des*

Bermudes, ainsi surnomment-elles la triple frontière entre les États d'Oaxaca, du Chiapas et de Veracruz. Elles sont devenues nomades pour retrouver leurs enfants et refont chaque année la traversée.

La femme assise à mes côtés a dormi le siège relevé. Elle m'explique que roupiller à la verticale est plus facile car, en position horizontale, les oreilles se mettent à siffler, le cerveau se remplit de bruits et c'est l'insomnie.

De toute façon, il est impossible de fermer l'œil avec *Anaconda*. Le film diffusé pendant le trajet est le genre de nanar où les acteurs se mettent à hurler dès la première minute… La femme assise devant moi s'est détournée de l'écran. Elle regarde au-dehors les feuillages se désintégrer sous les rafales de vent. Elle serre dans sa main un morceau de papier avec un numéro de téléphone ou peut-être un code postal. Elle vient du Salvador, un pays de la taille d'un mouchoir de poche que ces cinq, six heures de trajet auraient suffi à traverser.

Nous arrivons à Tierra Blanca, la première ville de l'État de Veracruz. Alors que j'admire l'enfilade de façades baroques, mes compagnes de route se penchent sous leur siège pour attraper le portrait de leur disparu. De la taille d'un poster, c'est un carton rectangulaire surmonté d'une cordelette qui s'enfile comme un tablier, mais se porte comme un bouclier lorsqu'il faut sortir de l'autocar pour manifester.

– Où sont nos enfants ? Où sont-ils ? Ils sont venus vivants, rendez-les-nous vivants !

La voix des mères de disparus est doublée d'une vibration. Un vent mauvais tourne autour du cortège, balayant les pétales des flamboyants et chassant les passants.

Première étape, le marché. Les manifestantes se mêlent à la cohue, la photo de leurs disparus bien en vue. Un homme nous offre des tranches d'ananas saupoudrées de chili, une femme sort des *quesadillas* aux champignons d'un mouchoir brodé. Les étals vibrent de mille couleurs, mais je me sens oppressée. J'ai l'impression que nous ne ressortirons jamais vivantes de ce marché.

Le cortège ne s'attarde pas. Les mères de disparus sentent bien que ces dons ne leur sont pas destinés : les maraîchers voient en elles des déesses vengeresses qu'il faut à tout prix rassasier.

Doña Clemi porte deux portraits autour du cou : Jorge et Mauro, ses fils disparus pendant la traversée du Mexique, chacun de leur côté. Qu'on ne nous ressorte pas le rêve américain et les illusions des pauvres qui regardent trop la télé ! Un emploi de mécanicien les attendait en Virginie. Qu'on ne nous parle pas des méfaits de la globalisation et des arnaques du recrutement mobile ! Depuis la nuit des temps, *les pauvres vont travailler comme on va au front*, a écrit Elio Vittorini.

– On nous a signalé trois Nicaraguayens sous un pont routier. Il paraît qu'ils veulent rentrer chez eux. Allons voir ! suggère doña Clemi.

Le pont routier est situé à 5 kilomètres au nord du centre-ville en suivant la voie ferrée. La plupart des mères de disparus décident de renoncer :

– C'est que les gens sont mauvais ici. Ils piègent les migrants par l'estomac. On parle d'une gargote située le long de la voie d'où ils ne ressortent pas.

Doña Clemi ne veut rien entendre, elle attrape son chandail et redescend de l'autocar. Ses consœurs lèvent les yeux au ciel… La veille, cette frêle septuagénaire a quitté le cortège pour suivre une piste qui l'a menée dans un guet-apens. Son « informateur » l'attendait à un carrefour armé d'une machette.

Par chance, un homme sortait son cheval de l'enclos pile à ce moment-là et s'est interposé :

– Prends-lui ce que tu veux, mais ne la tue pas !

L'agresseur lui a tout pris sauf ses boucles d'oreilles dorées qu'elle appelait ses « deux soleils ». Mais elle a quand même dû s'en séparer aussitôt après pour qu'un chauffeur de taxi accepte de la reconduire à l'autocar.

*

L'État de Veracruz est pénible à traverser à cause de sa topographie. Les migrants accrochés aux wagons doivent se préserver des *accidents* alors que le train traverse tunnels et ravins. Entre deux épreuves, les habitantes du village de La Patrona essaient de ramener les survivants à la vie avec ce qu'elles ont sous la main : des mangues de leur jardin, de l'eau propre de leur puits.

Cette générosité à toute épreuve a marqué les esprits. On parle des femmes de La Patrona jusque dans le village le plus reculé de Colombie.

Pour la distribution des vivres, chaque femme de La Patrona se place à un endroit précis le long de la voie. Pas d'improvisation. Les plus adroites distribuent les bouteilles d'eau, je me joins aux débutantes à qui l'on confie les sachets de riz ou de tacos :

– Ne regardez jamais les visages, concentrez-vous sur les mains pour bien calculer votre distance de sécurité…

À l'approche du convoi, nous entendons vibrer les câbles électriques comme une langue de serpent :

– Tss ! Tss !

Les femmes brandissent des sachets de tacos :

– Ey ! Ey !

La locomotive répond par des appels de phares. Complicité ? Non, vent contraire. Le conducteur accélère. Le vacarme, la vitesse, la peur d'être happée, me font abandonner.

J'observe la scène en retrait. Sur les premiers wagons, j'aperçois des silhouettes perchées. Les villageois les ont surnommés *les mouches*. Mais la plupart des migrants ont cessé de demander de l'aide, ils semblent indifférents. Au bout de trois ou quatre wagons, les bras se tendent :

– De l'eau ! De l'eau !

Les goulots ont été reliés avec une cordelette : les bouteilles sont distribuées par grappes de trois. En un rien de temps, le dernier wagon s'éloigne en grinçant.

– Ma parole, ces pays sont en train de se vider ! s'exclame Lourdes en retournant sa brouette pour s'assurer qu'elle est bien vide.

Elle a beau répéter la même opération deux fois par jour depuis dix ans, sa voix, son visage, sa gestuelle, expriment la surprise.

Sa cousine Lidia nous rejoint, le visage baigné de transpiration. Elle m'invite à faire un tour dans son 4 × 4 pour décompresser. Nous roulons sur une piste à travers les champs de canne à sucre.

Elle rit :

– D'habitude, je conduis comme une folle !

C'est un rire un peu forcé et Lidia finit par cracher le morceau : elle est encore sous le choc. Un jeune homme est descendu d'un wagon pour l'aider dans la distribution :

– Je n'arrêtais pas de lui crier : « Mais remonte, remonte ! » Il a réussi à attraper de justesse l'échelle du dernier wagon. Ah j'ai eu les nerfs à vif ! Il a risqué ses pieds pour ses amis !

– Pour ses amis…, répète-t-elle en sanglotant.

Dans le groupe, Lidia est reconnue pour son sang-froid : si un migrant saute à terre pour attraper des sachets de nourriture et qu'il ne parvient plus à remonter, elle l'embarque illico et fonce au volant du 4 × 4 que son père lui a offert avec des dollars gagnés aux États-Unis.

– Ma dernière chance pour rattraper le train c'est le pont des Avocats. Tu ne le vois pas parce qu'il fait nuit, mais c'est sur ce pont-là que le convoi ralentit.

Lidia sort de la boîte à gants le journal intime que son père a oublié en repartant. En le lisant, elle a appris qu'il avait failli mourir pendant la traversée du désert d'Arizona. Il a été sauvé par une passeuse qui a demandé à son groupe de le transporter sur une civière fabriquée avec des branchages…

Un véhicule nous fait des appels de phares depuis la route goudronnée. Lidia redémarre. Sa tante Norma baisse sa vitre pour nous annoncer que trois migrants viennent de mourir électrocutés. Ils se tenaient debout sur des wagons et un goyavier a masqué des câbles à haute tension.

– C'est comme si je le savais déjà, il y avait une drôle d'énergie sur ce convoi…, dit Lidia dont la voix tremble.

Une demi-heure plus tard, nous voici dans le hameau de Los Angeles, nous nous garons devant une rangée de maisonnettes. Les fenêtres grillagées ne laissent s'échapper aucune lumière. Il n'est pas si tard que ça, peut-être 22 h 30.

– Quelle bande de lâches ! Tu ne crois pas qu'ils pourraient nous filer un coup de main ?

Les riverains ont tourné le dos à la tante de Lidia depuis que le prêtre du coin l'a désignée comme le diable aux taches de rousseur à cause de ses initiatives trop audacieuses en matière de charité. Reste son fidèle informateur, Cristobal, 12 ans.

– Quand les corps ont été évacués, ils étaient tous là, au bord de la voie.

– Bah oui ! Les gens viennent regarder les morts, dit Norma, mais tu ne crois pas qu'ils auraient pu prendre un seau, une louche et donner à boire aux survivants ?

C'est la première fois que je vois le convoi à l'arrêt. Je contemple chaque wagon comme s'il s'agissait d'une pièce de musée. Cinq migrants décortiquent des cannes à sucre à l'intérieur du deuxième.

– Tu as vu cette fille, elle est superbe ! dit le jeune Cristobal… Tu sais ce qu'elle m'a dit : « Viens, on va gagner des billets verts et après on revient… »

Le garçon me signale des silhouettes perchées sur un wagon :

– Ce sont des femmes, tu l'aurais deviné, toi ? Comment ont-elles pu se percher là-haut ? Si haut ! J'ai vu une échelle traîner près du ranch de don Cheto, j'y vais !

Une fois redescendues, les voyageuses s'adossent au 4 × 4 pour boire un café. Elles portent des bonnets. Dans ce paysage tropical, cela leur donne un drôle d'air, mais lorsqu'on pose ses fesses sur la tôle pendant douze heures d'affilée avec des trombes de pluie, on comprend mieux. Leurs yeux, comme deux soleils de nuit, éclairent les taches de son qui constellent leurs visages, c'est une vision très intime qui apparaît tout d'un coup.

Norma ouvre son coffre pour en sortir un paquet de fringues. Les quatre migrantes interrompent leur pause-café. Les couches de vêtements les protègent sans doute du froid, oui, mais aussi du regard des bandits. Toutes ont les seins bandés. L'une d'elle, enceinte, enfile un pantalon sans réussir à fermer le bouton. Depuis, je repense souvent à cette scène, à leur dernier essayage de femmes libres. À l'étape suivante, elles vont être kidnappées.

Je l'apprends plus tard de la bouche de l'un de leurs compagnons recroisé par hasard dans un refuge plus au nord. L'enlèvement a eu lieu à Lechería, *la laiterie*. Ce nœud ferroviaire dans la banlieue de Mexico est un lieu de traite.

Les bordels de la capitale aux 20 millions d'habitants se fournissent au pied de la voie ferrée. Les quatre jeunes femmes sont destinées à la mort lente de la prostitution. En voyant une femme, les proxénètes calculent déjà combien d'années elle va durer *jusqu'à ce qu'elle devienne folle ou qu'elle meure du sida.*

Une employée de Lechería dont les bureaux donnent sur les voies me confirme :

– J'ai vu des jeunes femmes embarquées en slip dans des voitures de flic, vous croyez que c'est bien ça ?

À Lechería, il est trop dangereux de camper le long des voies. Les migrants passent la nuit debout dans des champs de cactus comme des pénitents. Même les prêtres leur ont tourné le dos.

À l'entrée d'une chapelle à la toiture triangulaire, on peut lire : *Interdit aux illégaux centraméricains.* Mais les migrants bien informés savent qu'un peu plus loin, derrière une décharge, la sainte patronne des marginaux veille sur eux.

Aux pieds de la Santa Muerte, Vierge à la tête de squelette de 10 mètres de haut, des bouteilles d'eau ont été déposées par centaine, et aussi des baskets. À ce stade de la traversée, les semelles sont trouées ou lacérées et ces baskets sauvent des pieds.

Lechería est une étape très dure, vécue par les migrants comme le passage d'une frontière. C'est face à ce nœud ferroviaire qu'ils décident quelle sera leur porte d'entrée aux États-Unis. Sur les voies de gauche partent les trains de la route Pacifique en direction de la grande frontière, celle de Tijuana-San Diego, la Californie. Sur les voies de droite, on embarque pour la petite frontière : Nuevo Laredo et Laredo au Texas. *La ténébreuse route du golfe* est la voie la plus rapide mais aussi la plus risquée.

*

Une femme se tient debout à l'avant de l'autocar, elle tire sur son châle tout en discutant avec le chauffeur. Dans ses bras, j'aperçois un bébé, son visage comme la corolle d'une fleur tourné vers les premières lueurs. Des nuages flottent dans un ciel bleu, l'autocar traverse des étendues désertiques où dansent les yuccas. Sur un panneau, le nom d'une ville qui sonne comme une incantation : Matehuala… Matehuala… *Ne venez pas* est le cri de guerre des Indiens du nord-est du Mexique.

En entrant dans San Luis Potosí, avec ses façades hautes en couleur et la succession de places coloniales où posent des jeunes filles en robe à crinoline, j'ai du mal à réaliser que cette ville pimpante puisse être plus dangereuse qu'un village cadenassé de la frontière. D'autant que le refuge n'est pas relégué comme tous les autres aux limites de l'agglomération. Pour s'y rendre, il suffit de suivre une promenade ombragée et de prendre la ruelle juste derrière le sanctuaire dédié à la Vierge de Guadalupe.

C'est devant l'épais rideau de caoutchouc qui marque l'entrée du dortoir des femmes que je commence à sentir des frissons. J'ai l'impression d'entrer dans une chambre froide. Et d'un coup, je vois les femmes de la Grande Dépression photographiées par Dorothea Lange.

Elles m'assaillent de questions sur la migra et les Zetas. Une jeune fille au tee-shirt camouflage m'explique :

– Hier, à deux pas du refuge, deux amies ont été kidnappées et deux autres arrêtées. La directrice venait de les mettre à la porte pour avoir adressé la parole à un homme.

– Nous sommes tombées dans un traquenard. Cette mère supérieure nous fout dehors sous un prétexte quelconque, mais moi je crois que ce qu'elle veut c'est nous livrer à la migra et même aux Zetas ! s'exclame une femme vêtue d'une salopette de clown.

Brusquement, elle change de ton et me pose la plus absurde des questions :

– Tu sais comment on s'y prend pour cuire des petits oiseaux au feu de bois ?

Le danger se trouve juste derrière la porte. Mère Carmen, la religieuse directrice du centre, est en fait une mère maquerelle. Elle ressemble à un personnage de cauchemar : chemise en soie violette et croix disproportionnée autour du cou.

– Alors, tu es prête, ma reine ? demande-t-elle à une jeune femme.

D'une voix chevrotante, celle-ci répond :

– Oui, oui, j'arrive…

Ses cheveux teints au henné sont tirés et attachés. Elle porte des boucles d'oreilles en demi-lune argentées. Un jean et un pull fuchsia. Fuchsia ! Imaginez la tête du garde-frontière devant son écran, qui découvre une salopette de clown ou un pull rose pétard… Le bal masqué des *kamikazes de la pauvreté*.

Celles qui sont arrivées jusqu'ici sont des héroïnes, des pionnières. Ce sont elles qui organisent et financent leur voyage avec une telle habileté que, parfois, elles en font un métier et deviennent passeuses. Il m'est arrivé de croiser des passeuses camouflées dans un groupe. On les remarque facilement car elles aiment porter du sportswear griffé et sont moins *abîmées*, comme disent les autres femmes qui luttent au quotidien avec leur corps en souffrance : peau brûlée, diarrhée, conjonctivite et ampoules aux pieds.

J'en repère une dans le dortoir. Elle porte un jogging en velours taupe ajusté à son corps de liane. Elle doit avoir une vingtaine d'années. Elle s'adresse à la femme au pull fuchsia :

– Il m'est arrivé d'emmener une fille qui aguichait tous les hommes du train. Eh bien j'ai dû la laisser. Vous savez ce que cela signifie au Honduras de traîner avec ce genre de nénette ? On est illico cataloguées comme pute !

La femme au pull fuchsia n'a pas 30 ans. Elle riposte aussitôt :

– Mais enfin, tu m'as bien vue ? Je ne suis qu'une vieille qui part pour que ses cinq enfants aient des études en héritage, je voyage seule, je suis partie seule – et elle n'en revient pas elle-même, comme si elle avait cru que son acte de courage extrême lui servirait de bouclier.

Maintenant qu'elle se retrouve nichée dans ce groupe, la peur, au lieu de s'éclipser, se déchaîne. Paralysée à l'idée de remettre le nez dehors, la femme au pull fuchsia ferait n'importe quoi pour être accompagnée.

– Aie confiance en moi ! implore-t-elle à l'adresse de la passeuse, qui, pour une raison que j'ignore, ne veut pas l'admettre dans son groupe.

Depuis qu'elle a mis les pieds hors de son pays, elle souffre de ne plus être regardée, d'où cet étrange maquillage sur les paupières : un fard bleu lunaire. Elle a un peu forcé la dose. Comme pour marquer sa volonté et se dire : je vais y arriver, je vais y arriver…

Mais d'un coup elle craque et lâche :

– Mes enfants, je les ai laissés seuls. La plus grande a 16 ans. Je ne sais pas s'ils ont de quoi manger en ce moment.

La mère maquerelle revient. Son visage est boursouflé. J'ai l'impression que l'alcool la mène par le bout du nez. La femme au pull fuchsia essuie ses cernes de mascara et la suit. Elle part faire un baby-sitting.

Les refuges pour migrants servent rarement à se reposer : pendant la durée du séjour, fixée de vingt-quatre heures à trois jours selon la politique du lieu, il faut trouver de l'argent pour continuer. Des petits boulots sont proposés, voire imposés.

Ce départ plonge le groupe dans le silence. Nous écoutons les sons confus de la rue, puis nous sursautons au cri d'un vendeur ambulant :

– Gaz ! Gaz !

Son cri déclenche l'urgence de se raconter.

– J'appelais les copains, ils étaient juste à côté et pourtant aucun..., sanglote une belle brune aux yeux en amande qui n'a pas 20 ans.

Deux policiers l'ont violée à l'intérieur d'un wagon. Elle venait de s'y réfugier après avoir échappé de justesse aux Zetas qui voulaient la vendre à un bordel.

– Nous avons sauté des barbelés. Ils nous poursuivaient avec des armes, des chiens, une femme est tombée et nous a suppliés de continuer sans elle et, et, et...

Les agressions s'empilent au point que le récit sonne mal, comme un mauvais film d'action. Faute de pouvoir nous boucher les oreilles, nous croisons les bras.

Presque en colère, je me dis :

– C'est trop, trop, trop, trop...

*

La jeune fille aux yeux en amande avait commencé son récit en confiant d'une voix sereine :

– Grâce à Dieu, il ne m'est rien arrivé…

Cette phrase revient souvent dans la bouche de chacune, comme pour conjurer ces viols qu'elles risquent à chaque pas.

La femme au pull fuchsia réapparaît pour annoncer que son frère vient de lui envoyer de l'argent et qu'elle n'ira pas garder les enfants. De son cœur fatigué repart l'énergie de lutter :

– Je vais avoir le courage, dit-elle.

– On va s'agenouiller, prier la Vierge et sortir toutes ensemble, ajoute la jeune femme au tee-shirt camouflage.

Je fais le guet.

Devant le refuge, un groupe de jeunes migrants peint sur la façade une Vierge de Guadalupe aux couleurs du drapeau mexicain. Des écolières en kilt passent en mâchonnant des tiges de sucettes, c'est l'heure du déjeuner, le moment ou jamais pour s'enfuir dans la mêlée des élèves.

Désormais les uniformes scolaires sont les seuls à pouvoir les protéger.

Par deux, elles avancent tout doucement comme si la trouille leur avait plombé les pieds. Sur les marches du sanctuaire de Guadalupe, elles se séparent. La majorité décide d'aller jusqu'à la voie ferrée pour attendre le prochain train. La femme au pull fuchsia dit à un chauffeur de taxi :

– Au Media Luna.

La veille, elle a fui ce motel à cause du gérant qui lui avait glissé en la regardant fixement :

– Si vous n'avez pas assez pour payer, on peut s'arranger.

Elle a pesé cette phrase sur la balance du risque. Elle préfère finalement le gérant vicieux à la mère maquerelle.

Le chauffeur de taxi lui jette un sale regard. Trop tard. Elle s'engouffre dans la voiture avec deux autres jeunes femmes. En plein milieu du carrefour, le chauffeur fait demi-tour et allume ses clignotants : elles sont là et pas là. Une fraction de seconde encore et c'est fini.

Me voilà plantée sur une promenade.

Je m'assois sur un banc à côté d'un employé et sa salade César à emporter. C'est alors que me revient le titre d'un journal rapportant la dénonciation d'une migrante : *On nous maltraite, on nous frappe comme les phoques au Canada.* J'avais jugé cette tirade maladroite, presque comique, mais maintenant je sens le poids de chaque mot, je comprends : des voyageuses en voie de disparition, voilà ce qu'elles sont.

*

Nous sommes à 400 kilomètres de la frontière, aux portes du désert. La puissance de la lumière efface les cernes comme un rayon laser. L'espoir revient et les tragédies du chemin se racontent comme des anecdotes pour passer le temps. Yoli, la doyenne des voyageuses courageuses, n'a pas honte de raconter ses démêlés avec la Border Patrol. Les autres candidats préfèrent se taire.

Souvent l'arrestation est vécue comme un redoublement. Il existe d'ailleurs un cours pour apprendre à traverser la frontière. Il a lieu tous les soirs sous le préau de cette école primaire reconvertie en refuge. Si le contenu peut sembler incongru, pour l'auditoire il l'est moins que de rester assis sur les bancs de l'école à chanter l'hymne national de leur pays.

Au Honduras ou au Salvador, les silhouettes louches à la sortie des collèges ne sont pas celles des dealers mais celles des *brokers*, ces agents qui promettent des voyages à crédit pour les États-Unis.

– La moyenne d'âge des migrants a reculé de dix ans. Avant, ils avaient la trentaine, maintenant ce sont des gamins et des gamines de moins de 20 ans, dit un activiste.

Il suffit de jeter un œil à ces élèves d'un soir pour confirmer. On dirait une classe de lycée pour qui l'épreuve finale n'est pas le bac, mais la traversée du Río Bravo sur une bouée.

– Vous vous cotisez à plusieurs, vous achetez une chambre à air dans une droguerie et une pompe à vélo. Des questions ? demande le prof, qui a écopé du surnom de Chuck Norris.

Un élève montre son tee-shirt d'un air interrogatif.

– Pas de vêtements de couleurs vives… Oui, ce jaune, ça passe encore… Bon, vous le savez : les gringos ont placé des caméras à infrarouge ayant la capacité de capter à plus d'un kilomètre la chaleur dégagée par le corps humain. Vous n'allumerez pas de cigarette. Ils ont installé des détecteurs sismiques, alors vous marcherez d'un pas léger. Et inutile de vous rappeler qu'il ne faut pas chanter ni siffloter même si vous ne sentez aucune présence à la ronde.

*

– Tu m'accompagnes aux toilettes ?

Cristal a le visage indolent de la sécheuse de cours.

– Tu ne crois pas que j'ai l'air d'une femme enceinte ?

Je revois son copain, un beau jeune homme aux yeux noisette et au large sourire.

– Tu as l'air d'une fille amoureuse…

Elle rit, heureuse, puis s'arrête net pour me confier :

– Hier soir, j'ai vomi…

– Tu es sûre que ce n'est pas autre chose ? Le stress ? Tu as entendu, le prof a dit que même avec l'aide d'un passeur, personne ne va s'épargner six nuits complètes de marche dans le désert.

– Je ne sais pas…, dit-elle, évasive.

J'ai une pensée pour ses parents qui, quelque part au Honduras ou au Texas, se rongent les sangs. Faire le mur est pour les adolescents d'Amérique centrale, une expression qu'il faut prendre au premier degré.

Gandhi a écrit : *La pauvreté est la pire forme de violence*. Cette phrase trouve toute sa vérité lorsqu'une jeune femme lève son moignon pour intervenir pendant le cours :

– Je voulais dire que sans une jambe ou un bras, on vaut quand même quelque chose.

La veille, je m'étais retrouvée à ses côtés pour trier les haricots du dîner. Elle se penchait en avant pour accomplir sa tâche alors que je restais interdite, sans oser entamer la conversation.

Yoli m'a raconté l'épisode de son amputation :

– Elle se trouvait deux wagons devant moi. Je la connaissais d'avant. Elle est aussi du Honduras. Elle s'appelle Sonia et n'avait pas de quoi payer les bandits. Alors, ils ont tenté de la violer et elle s'est débattue. « Mais tu es une sauvage ! », lui ont-ils dit, avant de la jeter du train. Et juste après, en fuyant, j'ai aperçu ses bras le long de la voie.

Les coups de filet de la migra suivent un scénario très précis : ils ont souvent lieu en pleine nuit, alors que le train traverse des zones de nature hostiles comme des ravins ou des marais.

– La migra lui a offert des dollars pour qu'elle s'en retourne chez elle la bouche cousue, mais elle leur a répondu qu'elle n'en voulait pas, que vaille que vaille la vie, elle arriverait aux États-Unis.

Chuck Norris a beau donner ses cours chaque soir depuis six ans, il reste estomaqué par la motivation de ses élèves :

– Lors de mon premier cours, j'ai fait une gaffe. Ils étaient à peu près cent soixante et je leur ai dit : « Sachez que vous ne passerez pas tous… » Et là, silence. Un type s'est levé et a répondu : « Bien sûr que si, nous passerons. » Une autre fois, j'ai dû me mettre à genoux pour décourager une femme de plus de 60 ans qui voyageait à la recherche de son fils. Elle ne m'a pas écouté et s'est lancée dans le désert.

Soudain, comme si une ribambelle de visages lui revenait, il s'interroge, distrait :

– Le gamin avec ses cheveux bruns et frisés… J'avais dîné un soir avec lui… Pas de nouvelles, ça fait trois semaines. Il avait promis de m'appeler. Je me souviens aussi d'un jeune informaticien hondurien. Il s'appelait Angel. Je l'ai croisé à la gare routière et il m'a dit qu'il traverserait le désert tout seul. C'est une bonne stratégie d'y aller seul.

Habitant frontalier, Chuck Norris a le permis de circuler aux États-Unis. Son physique d'homme d'action lui vaut la sympathie des Border Patrols qui non seulement lui paient des coups, mais lui confient leurs stratégies pour chasser le migrant. Il transmet l'info dans ses cours.

– Je ne veux pas qu'ils avancent les yeux bandés, plaide le prof.

Pour chasser la tristesse, il s'efforce de donner un sens à l'absurde :

– Tu ne vois pas le privilège qu'on a. Tu as lu *Le Mexique insurgé* de John Reed ? Lis-le. Nous avons l'histoire sous les yeux.

Je contemple la troupe hondurienne, guatémaltèque et salvadorienne, ces jeunes gens nés après les désastres des guerres civiles des années 1980. Ils sont assis autour de Yoli qui leur raconte combien il était facile de franchir la frontière avant le 11 septembre 2001 :

– Il suffisait qu'un coyote te déguise en marathonienne et tu entrais par la grande porte, en trottinant.

*

Dans cette ville frontière où le couvre-feu s'installe spontanément à 16 heures, les Zetas recrutent ouvertement par petites annonces : *Ex-soldat ou militaire en service, si tu en as marre de ton salaire de misère et de te nourrir de soupes en sachet, rejoins-nous.*

Sur la place principale, les passeurs vendent les migrants au cartel par lots.

– C'est un véritable marché aux esclaves, me prévient une activiste qui déconseille de s'aventurer en dehors du refuge.

Derrière les fenêtres grillagées, j'assiste à l'arrivée d'une miraculée : une gamine qui débarque la fleur au fusil, juste vêtue d'un polo de rugby et d'un jean. Sur ses lèvres un rose clair qui ne lui va pas du tout. D'où l'a-t-elle sorti ? D'où vient-elle ?

– De la vallée de San Lorenzo, dit-elle comme si c'était la porte à côté.

Où exactement ?

– Au sud, vers Choluteca.

Elle a 15 ans, s'appelle Suyapa et vient du Honduras, à plus de 3 000 kilomètres. Non contente d'avoir traversé seule le Guatemala et le Mexique, elle tentera de franchir cette nuit sa troisième frontière.

– Bon, je vous raconte mon aventure ? demande-t-elle tout excitée.

Avec son mètre cinquante et ses yeux noirs électrisés, son extrême maigreur et sa voix de Piaf, elle me fait penser à une héroïne de dessin animé. Et voici qu'elle transforme sa énième mésaventure avec les passeurs-kidnappeurs en récit haut en couleur :

– J'ai senti que c'était un enlèvement mais ils voulaient me faire avaler que tout était OK. Alors, ils ont appelé le père de mon enfant aux États-Unis. C'est lui qui avait payé le voyage. Il a tenté de me convaincre : « Suyapa, fais ce qu'ils te disent, bon sang ! » Mais non, j'avais déjà pris ma décision. Je n'avais plus confiance. Et ce, dès le premier instant, quand ils nous ont embarqués dans une camionnette blanche. Et pif, paf, ils ont fermé les portières. Tout le monde pleurait à l'intérieur. Il y avait un type avec un bouton, entre les plis du front, un bouton presque blanc… ça n'arrangeait pas sa sale gueule. Et puis on est arrivés dans une maison sans meubles avec un monde fou, des femmes même enceintes, des enfants, des jeunes, des vieux… Toute l'Amérique centrale avait payé pour le rêve américain et moi je ne trouvais pas de place pour dormir. Et j'ai pensé : Non je m'en vais, je m'enfuis, tant pis pour ma valise, je veux sauver ma vie. La copine qui m'accompagnait ne voulait pas me suivre, elle geignait : « Mais mes parents ont déjà payé et ceci, et cela… » Je lui ai répondu : « Mais Kellin, tes parents sont à des milliers de kilomètres, ils ne peuvent plus rien pour toi. »

Et elle est quand même restée. J'ai escaladé un mur. J'entendais la plainte de l'un des gamins qui nous gardait : « Hé, reviens, sinon ils vont me tabasser... » En essayant de prendre le train en marche, mon pied s'est coincé, ma chemise s'est déchirée. J'allais lâcher l'échelle, mais trois Guatémaltèques m'ont soulevée jusqu'au toit du wagon. Moi qui pensais qu'ils étaient méchants, ils sont drôlement sympas, les Guatémaltèques..., dit Suyapa en s'éloignant.

Ses sabots dénichés je ne sais où claquent joyeusement, du sol au talon, du talon au sol, comme si elle était à la maison.

Dans le dortoir des femmes, l'attraction principale est la fenêtre à barreaux :

– Recule, recule... Penche ta tête, voilà ! Presque, presque...

La vue qu'elles se disputent n'est pas le ciel bleu des prisonniers, mais des feuillages texans d'un vert insolent...

– C'est ça, c'est ça le Río Bravo ?

– Je t'assure qu'au milieu c'est dangereux. Il y a plein de trous et de remous, explique une jeune femme ronde qui s'appelle Claudia. Pour son sens de la stratégie, je l'aurais bien choisie comme compagne de voyage.

Claudia poursuit :

– Quand tu le traverses la nuit, les hélicoptères volent tellement bas que l'eau remonte…

– Parfois, les coyotes, ils leur lancent des pierres aux hélicoptères, complète une autre.

Ces femmes n'en sont pas à leur baptême du feu, Suyapa si. Elle s'est incrustée dans un groupe qui part en reconnaissance sur les berges. Ils sont cinq, escortés d'un prêtre en civil. Un grand gaillard d'à peine 30 ans en jean et tee-shirt, un collier brésilien en guise de croix. Il les fait asseoir en tailleur au bord du fleuve pour les entraîner à inspirer et expirer.

La vision d'un tee-shirt avec *Alive* inscrit en lettres blanches se télescope avec le souvenir d'un mail que j'ai reçu la veille. Sous l'icône du Christ, une phrase clignotait comme si c'était un numéro vert : *Si on te met un pistolet sur la tempe, qui appelleras-tu au secours ?*

Un passeur tourne autour de Suyapa, qui l'ignore. Il la menace :

– Tu veux traverser seule ? Au moins, il ne t'en faudra pas beaucoup de pierres dans l'estomac. Une poignée de cailloux suffira.

Cela me renvoie à la phrase étrange d'un migrant : *S'il y a trop de courant, tu meurs, ou sinon les pierres t'enterrent…*

À l'heure du souper, Claudia jette dans le bol de chacun un petit carré de fromage frais. Je lui pose la question des pierres dans l'estomac. Elle confirme :

– Si, si, ils cousent des pierres dans le ventre des cadavres pour qu'ils coulent.

Mais qui ? Ils qui ?

– Dans nos pays, pendant la guerre…, affirme Oscar, un jeune homme tout de noir vêtu, la boule à zéro, qui se ravise aussitôt.

À quelques heures de la traversée, il préfère plaisanter :

– Notre passeport, à quoi il sert au fait ? Aucun pays n'en veut. Ah si, le nôtre…

Et tous rient de bon cœur.

La tablée vient d'apprendre qu'Oscar est devenu père pour la deuxième fois. C'est un garçon, il s'appelle Jacob. Sa femme vient d'accoucher à Houston, elle a décidé seule du prénom et ne lui parle plus depuis des mois. Au moment de son expulsion, le couple était en train de se séparer.

– Moi, je dois lutter pour récupérer ma famille aux États-Unis, dit-il, mais vous, vous y allez pour quoi au juste. Pour souffrir ?

– Souffrir autant pour se faire expulser !... Moi si je me fais attraper, je me mets à pleurer ! lance tout de go une jeune fille à peine enceinte.

– Laisse tomber les larmes ! Si tu te fais attraper, tu sors tes dollars et vite ! Tu paies le premier agent, mais avant que les autres ne rappliquent sinon... Les Borders sont bien plus chers que la migra, dit Claudia d'un ton blasé, comme s'il s'agissait de marques de vêtements.

Alors que les voyageuses courageuses s'apprêtent pour le départ, elles m'envoient avec une liste d'emplettes à l'épicerie du coin. Les jeunes gens de garde tournent la clé dans la serrure sans un mot.

Je traverse la rue déserte comme si c'était mon Río Bravo.

L'épicier se tient derrière un grillage où sont accrochés des sachets de poudre violette que les Mexicains appellent *sels de raisin*, très utiles pour hydrater la bouche pendant la traversée du désert. Peut-être s'attend-il à ce que je lui demande des bidons d'eau de 7 litres et des conserves de sardines.

Mais non, elles m'ont commandé de l'huile nettoyante pour bébé, un dissolvant de vernis à ongles et un pot de crème hydratante.

De retour dans la chambre des femmes migrantes avec ses produits de beauté ouverts, ses fringues éparses, ses morceaux de miroir avec des autocollants *Petit Poney*, je me sens dans un dortoir d'adolescentes. À un détail près : sur le mur vert pâle, au lieu d'un *Gustave, je t'aime !*, le graffiti dit *Dieu !*

Suyapa se pince le haut du nez pour ne pas fondre en larmes.

– J'ai les nerfs, confesse-t-elle.

Elle a ouvert la bouteille d'huile et une odeur de popotin propre envahit la pièce. Elle s'en verse sur les cheveux.

Oscar entre dans la chambre et attrape une lime à ongles :

– Pour les conserves.

Au passage, il se tartine les bras de crème hydratante.

– Pas trop, oh ! dit Claudia.

Alors que le groupe s'apprête à partir, la jeune femme est encore en train de se pomponner. En fait non, c'est le contraire, elle enlève son vernis. Elle partira avec ses ongles nus. Comme au premier jour.

Houston
ÉTATS-UNIS
Rio Bravo
Falfurrias
Ranch de Toddy
McAllen
Golfe
du Mexique
MEXIQUE
100 km

Exposés aux intempéries

> **« Elles portent des lourdes besaces de drogue et elles se perdent dans des grands champs... »**
> Tante de Liz Carolina,
> jeune migrante disparue dans le désert

Je prie pour que cette nuit la nature devienne leur alliée, pour que pile au moment où ils sortent du fleuve, un petit vent se lève juste assez pour que les bruissements recouvrent les froissements de leurs sacs plastique.

Premier réflexe : enfiler des vêtements secs pour ne pas se faire repérer comme *dos mouillé*.

J'apprends que les migrants fraîchement débarqués sont traités de *Tonks*, un surnom inspiré du son que produit l'impact d'un corps sur les détecteurs ultra-sensibles installés le long de la frontière. Les détecteurs sont plus le cauchemar des Border Patrols que celui des migrants : la plupart du temps, ce sont des vaches et des buffles qui butent dedans et les agents perdent un temps fou, de fausses alertes en réparations.

À l'extrémité est de la frontière, le mur est virtuel. Par endroits, sa construction a été interrompue : les Apaches refusent de couper en deux leur territoire sacré et l'université du Texas se bat pour son parcours de golf dont le charme doit beaucoup aux berges du Río Grande.

En flânant, je pense à Oscar qui, au refuge, parlait avec nostalgie des nuits de canicule passées allongé sur sa pelouse.

– Là-bas, à Houston, tu peux t'allonger sur l'herbe et il ne t'arrive rien…, assurait-il à Claudia et à Suyapa.

Si elles arrivent de l'autre côté, le simple fait de marcher sur le green leur donnera l'impression d'être enfin sorties de l'enfer.

L'important n'est pas d'entrer, mais de rester, disait aussi Oscar. Le jeune homme a été expulsé treize ans après son arrivée clandestine aux États-Unis à cause d'un pétard trouvé dans sa boîte à gants. Menottes, prison, expulsion. Tout était allé si vite qu'une fois du mauvais côté du pont il a eu du mal à réaliser, comme s'il avait été victime d'un énorme poisson d'avril.

Pour quitter la vallée du Rio Grande, il faut prendre une autoroute désignée comme *l'autoroute de la drogue* même si en réalité les trafics fonctionnent dans les deux sens : drogue et migrants sont acheminés vers le nord, cash et armes vers le sud. À 9 heures, la route est vide, le ciel bas. Au bout d'une dizaine de kilomètres, je suis tentée de revenir à McAllen. Je revois sa grand-rue avec son orgue de Barbarie, ses vitrines d'or et de lingerie… C'est la plus dynamique des villes frontières. Son économie dépend des *visas shoppings* qui permettent aux frontaliers mexicains de faire des emplettes aux États-Unis pendant quarante-huit heures dans un rayon de 160 kilomètres.

Au cinquantième kilomètre apparaît une kalachnikov géante sur un fond rouge sang avec un numéro vert. Le panneau est en partie retourné, sans doute pour ne pas faire de l'ombre à une minuscule chapelle en bois. *Si vous avez peur, allez donc à l'église !* Cette réplique me trotte dans la tête. Ce n'est pas le désert que j'aurais imaginé. Je ne baigne pas dans la lumière brillante d'Arizona où sont tournés westerns et autres épopées. Ce n'est pas non plus celui que m'avait décrit Oscar.

Son récit se fondait sur des souvenirs d'enfance. Il m'avait dit qu'il avait traversé le désert à l'âge de 11 ans, sans passeur et en éclaireur, guidant sa fratrie qui fuyait un père violent. Pour traverser un ranch, il suffisait de brandir une bible et de crier : *On vient pour les récoltes !* À l'époque, les ranchers laissaient des échelles contre les clôtures pour que les *pèlerins* puissent grimper par-dessus sans les abîmer.

Oscar a eu de la chance : il a émigré juste avant 2001, avant que la stratégie de la dissuasion ne fasse de ce désert une zone tampon.

*

Toddy possède un ranch dans la zone tampon. Elle tient un blog pour dénoncer les dégâts provoqués par des installations pétrolières semi-abandonnées. Parfois, elle poste des vidéos de migrants qu'elle croise sur ses terres, mais ils ne sont pour elle que des figurants de cette catastrophe écologique. N'ayant pas d'autre source d'information sur cette zone, je décide de la contacter. Elle m'invite aussitôt à la rejoindre dans son ranch.

Au téléphone, Toddy m'a dit que depuis le Río Grande, il fallait compter une heure de trajet pour rallier son ranch… Mais j'ai l'impression que cette heure s'étire à l'infini. Seuls les panneaux publicitaires me confirment que je suis en train d'avancer, reflets d'un monde d'une grande dureté : taxidermistes, cliniques pour avorter et de plus en plus de panneaux blancs.

J'aperçois enfin le château d'eau avec écrit à la peinture bleue *Encino*. Selon les indications de Toddy, le ranch se trouve juste après. Je distingue une bannière avec le nom de son blog, *Ranch des Malfrats*. En ouvrant la grille, la gardienne me sourit. C'est un sourire très bref qui me fait sursauter. Je reconnais sur sa casquette noire le logo du blog. Il représente la spatule orange sur laquelle Toddy accroche son micro. La spatule apparaît dans toutes ses vidéos afin que ses images ne soient pas volées. L'idée d'accrocher la spatule au micro était venue à Toddy en cherchant une perche pour filmer des émanations de gaz sans s'intoxiquer. Elle l'a ensuite gardée pour donner à son blog une petite touche d'autodérision, Toddy s'y présentant comme une simple *housewife* en jean et santiags…

La femme qui m'attend sous son porche a un collier de perles et une chemise immaculée. Je réalise que c'est dimanche et, du coup, je comprends mieux la route vide. Toddy m'introduit dans une salle à manger où toute sa famille est en train de bruncher. Ses beaux-parents sont venus de Dallas pour le week-end. Me voilà avec une coupelle de macédoine à écouter Toddy me raconter la genèse de son blog : les illusions d'une jeune maman qui, un beau jour, décide de s'installer dans un ranch pour que ses deux fils puissent vivre au grand air. Elle qui rêvait d'un potager bio a découvert des oléoducs rouillés prêts à exploser, des nappes phréatiques polluées ; elle qui recherchait une vie près de la nature, sans chichis, se retrouve privée du geste le plus simple : offrir un verre d'eau à ses enfants.

Au sujet des migrants, son beau-père dit que le monde entier passe par le ranch de Toddy : ils ont déjà croisé des Chinois, des Érythréens et même des *incas*. Il ajoute que la plupart des migrants sont des OTM, abréviation pour *Other Than Mexicans*. Et les Honduriens ? Et Suyapa, Oscar et Claudia ? À l'heure qu'il est, ils marchent quelque part dans ce désert, luttant contre la disparition, espérant un nouveau départ. Je me sens à des années-lumière de leur traversée, avec ma coupelle de macédoine, guettant leurs ombres derrière la verrière de la salle à manger.

Le mari de Toddy me pose des questions sur la sécurité en Europe. Il se montre inquiet pour l'avenir du Vieux Continent, entre émeutes de banlieue et menace islamiste. Il défend le port d'armes et cite la Constitution des États-Unis.

– Je parie que vous allez être choquée, lance-t-il lorsque sa femme m'invite à la suivre.

Tout au fond d'un cagibi, un meuble design qui ressemble à un frigo de maison de vacances. À l'intérieur, des armes automatiques rangées à côté de vieilles carabines, sans oublier les pistolets.

Nous partons en virée. Toddy pose son pistolet bien en vue près de la boîte de vitesses. Ce n'est pas de la frime. Lorsqu'elle sillonne son ranch pour compter le bétail et vérifier l'état des barrières, il lui arrive de croiser des véhicules aux vitres fumées. Sur les portières, elle reconnaît le logo d'une compagnie pétrolière mais, vu l'état des installations, Toddy sait que les employés ont d'autres chats à fouetter que l'entretien des oléoducs. Ce qui les occupe, c'est le trafic de drogue, d'armes, de migrants…

Elle a publié sur son blog un document où la compagnie pétrolière confirme employer des forçats pour les boulots les plus ingrats à 25 cents de l'heure… Comme la survie d'un détenu dans les pénitenciers texans dépend de son affiliation à un gang et comme ceux du sud du Texas sont sous la coupe des Zetas, il ne faut sans doute pas chercher plus loin les chevilles ouvrières du cartel dans la région.

La flotte de véhicules de la compagnie pétrolière est la couverture parfaite pour les trafiquants. La piste sur laquelle nous roulons a été élargie exprès pour leurs gros 4 × 4. Toddy souligne que les travaux ont été faits sans permission, effaçant le tracé originel des sentiers qu'empruntaient les contrebandiers. Elle regrette le code d'honneur des *bootleggers* de l'époque de la prohibition. Aujourd'hui, le trafic d'êtres humains est entre les mains des *p'tits gars ninjas*. Ainsi surnomme-t-elle les mineurs drogués qui traitent les migrants comme du bétail, les tuant de sang-froid pour une cheville foulée.

Toddy a plusieurs fois tenté d'alerter les Border Patrols lors d'intrusions des *p'tits gars ninjas* dans son ranch, mais leur QG se trouvant à une centaine de kilomètres, ils refusent de se déplacer.

– Ils me disent que le règlement leur interdit de quitter la route à cause des armes à feu qui pourraient provoquer des incendies.

Les arbustes ont une teinte rouillée. Toddy m'explique que le bois de mesquite brûle très lentement sans faire de fumée, ce qui donne à la viande une saveur divine. Nous nous garons devant une cabane à barbecue, Toddy regrette qu'elle soit devenue une *auberge de jeunesse pour migrants où l'odeur de marijuana a remplacé celle de la viande grillée.*

À l'intérieur, nous trouvons des tas d'affaires abandonnées. Je ramasse une cartouche de jeu vidéo, un sac à dos fabriqué avec une chemise et deux ceintures, un billet de 20 roupies avec le portrait de Gandhi, une serviette éponge à l'effigie de la Vierge de Guadalupe, un portrait de Juan Soldado, saint patron des passeurs et des migrants contre les morts injustes dans le désert.

Accusé à tort d'avoir violé puis tué une fillette, Juan Soldado a été fusillé à Tijuana dans les années 1930. À sa mort, les pierres du désert transpirèrent du sang et c'est ainsi que les gens surent qu'il était innocent. Depuis, migrants et passeurs lui offrent un verre d'eau propre. Ils récitent aussi des prières pour lui demander pardon.

Je raconte à Toddy la légende de Juan Soldado et le rituel du départ quand Suyapa a versé sur ses cheveux un flacon d'huile pour bébés identique à celui que je viens de ramasser... Toddy me dit que des flacons comme celui-là, elle en trouve partout, que le parfum douceâtre d'huile pour bébés camoufle l'odeur de marijuana :

– La valeur de la marijuana triple une fois la frontière franchie. Vingt kilos scotchés sur le corps suffisent à rembourser une dette de 7 000 dollars. Sinon comment la payer ?

Je suis énervée que Toddy réduise les migrants à des calculs. Pour elle, ils ne sont que des mules. S'ils survivent à la traversée, ils deviendront des bourricots au service de gringos capricieux. Personne ne leur demandera d'où ils viennent ni comment ils sont arrivés. Comme si elle avait lu dans mes pensées, elle me dit :

– Ils ont peut-être l'air charmants de l'autre côté de la frontière avec leurs jolis autels et leurs rituels, mais au beau milieu du désert, ils sont désespérés.

Ce ton sec d'institutrice, quel contraste avec ce prof des migrants qui conjuguait pragmatisme et fantaisie. Je n'oublierai jamais la fois où il nous a passé un documentaire sur les zèbres :

– Imaginez que vous faites partie de ce troupeau et que vous êtes en train de galoper dans la savane…

Il prononçait ces mots avec un ton de maître zen, encourageant les migrants à quitter l'état de meute pour celui de troupeau. Pour survivre aux États-Unis, il conseillait le mimétisme. Le bidon d'eau devait, par exemple, être recouvert de deux couches de cirage :

– Vous gratterez un peu de façon à créer des zébrures. Cela neutralisera les reflets. Ainsi les hélicoptères auront plus de mal à vous repérer.

Toddy me propose de continuer l'état des lieux à pied. Elle écarte les broussailles pour me montrer des oléoducs rouillés, où les passeurs ont laissé des marques blanches pour se guider.

Le prof recommandait aux migrants de s'orienter par le sol. Il avait donné l'exemple des Mayas que les conquistadors avaient pris pour un peuple soumis mais, s'ils scrutaient la terre, c'était pour rechercher l'empreinte profonde.

Alors que nous nous enfonçons dans le désert, Toddy sort de son sac un herbier qui pourrait me servir de sauf-conduit au cas où je croiserais des ranchers méfiants. Elle me conseille d'y coller une herbe, une fleur, quelque chose de la flore texane, mais à chaque fois que j'aperçois de loin des taches de couleur, en général roses ou violettes, je me retrouve face à des bouts de vêtements sans doute arrachés par des buissons de cactées ou des barbelés.

Devant une rangée de palmiers hauts et dépenaillés, Toddy m'explique qu'il s'agit d'un trompe-l'œil, que ces palmiers ont été plantés exprès pour camoufler les tours de l'installation pétrolière juste derrière.

Mais pourquoi la camoufler ? Mystère. Elle ajoute que la nuit les tours s'illuminent et que les passeurs abandonnent les migrants, leur faisant croire que ce sont les lumières de San Antonio et qu'ils sont arrivés en trois jours comme promis.

Les sentiers élargis ont peut-être effacé le tracé originel des *bootleggers*, mais ils facilitent les échanges entre ranchers. Au lieu de nous doubler, un pick-up roule à notre hauteur. Son conducteur ouvre la vitre pour bavarder. Toddy et son voisin ne parlent pas de bétail ni de barrières cassées, mais du taux de fréquentation de leurs blogs respectifs. Le voisin vient de se découvrir *un pic de lecteurs en Australie*. Toddy se congratule de transporter sa lectrice européenne venue jusqu'ici.

– Quelle que soit notre position dans le débat sur les migrants qui agite Washington, nous les ranchers, nous offrons toujours un verre d'eau au visiteur, dit le voisin.

Je me souviens que le prof avait insisté sur le piège du verre d'eau. Il avait dit qu'au Texas, le verre d'eau ne doit pas s'interpréter comme un geste humanitaire, mais comme le prélude à une arrestation : les ranchers cherchant à gagner du temps pour avertir en douce les Border Patrols.

J'interroge Toddy et son voisin sur leurs tactiques pour retenir les migrants. Toddy leur fait croire que les broussailles sont infestées de tiques femelles qui dégagent une toxine paralysante pour les jambes. Le voisin leur signale la présence d'ours.

– Et ils ont peur…, dit-il.

Je remarque que le voisin parle des migrants comme de gamins inconscients. Cette perception vient peut-être de leur façon de s'habiller. Dans la cabane à barbecue, j'ai trouvé beaucoup de tee-shirts à l'effigie de personnages de dessins animés : Bob l'éponge, Dora l'exploratrice, l'Homme araignée…

– Elle m'a demandé la direction de l'autoroute, puis est repartie en m'assurant qu'elle avait un job de baby-sitter qui l'attendait à New York ! Mais quel cinglé confierait ses enfants à une femme qui ne sait pas veiller à sa propre sécurité ?

On dirait que le voisin adresse cette question à Toddy et qu'il s'attend à ce qu'elle s'en saisisse, mais elle reste mutique. Je revois les images de son blog. Notamment celle d'un migrant torse nu : il a la peau sur les os, ses mains s'agitent comme pour chasser des mouches, et il montre quelque chose au loin. La caméra ne le suit pas, elle se resserre, écrasant son visage sous le rectangle de verre. Comme un spécimen de cabinet de curiosités ou un alien prêt à être renvoyé dans le cyberespace… Un petit geste d'humain à humain aurait pu le ramener sur la terre, mais non : dans le désert, les neurones risquent de cramer.

*

Lupita, une jeune Mexicaine sans papiers, accepte de me conduire au cimetière du désert. Elle circule assez librement dans la vallée du Río Grande, à condition de ne pas dépasser le check-point de Falfurrias considéré comme la vraie frontière.

Elle me dit que pendant la saison des ouragans, il lui arrive de se sentir comme dans une prison à ciel ouvert. Dès qu'une alerte météo est lancée, elle doit décider de suivre ou non le plan d'évacuation qui prévoit le franchissement du check-point. Jusqu'à présent, elle ne l'a pas fait, craignant que les Border Patrols n'en profitent pour l'arrêter.

Mike, un activiste de la vallée, nous rejoint sur le trajet. Il revient tout juste d'une incursion à Matamoros, une ville frontalière mexicaine qui, sans jamais avoir été un havre de paix, est devenue en quelques années une zone de guerre.

Originaire de Matamoros, au Mexique, Lupita garde espoir d'y revenir, mais Mike est porteur de mauvaises nouvelles : un prêtre assassiné, le fils d'un rancher kidnappé avant-hier et enterré hier, des explosions dans des entrepôts, des véhicules à boîte de vitesses automatique réquisitionnés...

Pour Lupita, cette flambée de violence coïncide avec la levée de l'embargo de dix ans sur la vente des armes automatiques aux États-Unis. D'ailleurs, sur notre trajet, on ne compte plus les panneaux annonçant des *gun shows* ainsi que des *car shows*.

Aux alentours de Falfurrias apparaît une vieille réclame : *Chez nous les burritos sont enrichis d'une noix de crème et en plus ils sont emballés à l'ancienne !* Sur la photo : un burrito enroulé dans du papier aluminium pris en gros plan et agrandi mille fois, si bien qu'il ressemble à un corps sous une couverture de survie.

Cette vieille publicité résume bien l'évolution de Falfurrias. Jadis réputée pour son beurre et ses produits laitiers, la petite bourgade du sud du Texas est aujourd'hui connue pour son check-point, le dernier de la route migratoire.

Le check-point est annoncé par un panneau d'affichage un peu vieillot. Il me renvoie aux panneaux des anciennes gares qui fonctionnaient avec un système à rotation. Sauf qu'au lieu des départs et des arrivées, on y lit l'évolution des chiffres de saisie de drogue et d'arrestation de migrants. Le nombre de personnes mortes dans le désert en cherchant à contourner le check-point reste un mystère.

*

Le cimetière du désert avec son carré réservé aux migrants non identifiés se trouve dans un coin de Falfurrias difficile à trouver. Rangel, le directeur de l'agence de pompes funèbres, nous embarque dans sa voiture. Il nous dit que le cimetière est situé juste avant l'embouchure de l'autoroute et que cette autoroute est une mine d'or disputée par différentes factions, chaque faction étant représentée par des gangs descendus de Houston.

– La mort n'est pas naturelle ici, dit ce grand gaillard qui semble tout droit sorti d'un western.

La petite ville de Falfurrias est un décor parfait avec ses rues poussiéreuses et ses barrières défoncées. Rangel nous parle de courses-poursuites, il dit que les migrants qui ont choisi l'option 4 × 4 risquent gros. Pourtant, les proches paient un supplément de 1 000 dollars pour réduire le temps de marche dans le désert, ignorant les dangers de la route.

Il nous parle aussi des noyades de migrants qui campent dans les lits de cours d'eau asséchés afin de se protéger des serpents à sonnette quand une averse suffit pour surprendre celui qui ne sait pas nager.

J'en profite pour lui poser une question sur les chiens. Ma question fait écho à celle de la mère de Liz Carolina, disparue dans le désert : un appel anonyme lui avait dit que sa fille était tombée dans le sable, qu'elle s'était relevée et que les chiens… La mère de Liz Carolina avait demandé :

– Mais les chiens, ils dévorent les êtres humains ?

Rangel répond que ce sont les sangliers qui éparpillent les restes. Il pousse un soupir, puis explique qu'il répond toute la journée à ce genre de questions… Dans son agence de pompes funèbres, le téléphone sonne à longueur de journée. Au bout du fil des familles de disparus, mais aussi des migrants qui, une fois arrivés à bon port, ont des remords pour avoir abandonné une personne en cours de route.

– Ils me donnent des indications très vagues : près d'un rocher, un tee-shirt vert… À mon avis, ils appellent surtout pour soulager leur conscience…

Le gardien nous accueille à l'entrée du cimetière avec un petit rituel. Il nous présente un plateau où ont été disposés des cailloux qu'il a lui-même ramassés dans le désert. Nous sommes invités à en choisir un, à le serrer et à dire notre ressenti au gardien qui traduit.

Lupita commence :

– Le mien est lisse… La terre l'a protégé.

Puis c'est le tour de Mike :

– Je sens qu'il a des strates… Comme un Oreo, mais surtout ne le mangez pas !

Je décris le mien, tout petit et rêche :

– Ce caillou a été exposé aux intempéries.

En gardant les yeux fermés, je revois les mains de doña Clemi, la septuagénaire dont les deux fils ont disparu pendant la traversée : ses mains toutes petites et dures au fond d'une bassine, en train de frotter les pieds d'un migrant blessé.

Me reviennent aussi les mots du père de Maria Isabel, une jeune disparue. Il disait que la douleur depuis sept ans était comme au premier jour, indestructible comme ce petit caillou que je tiens dans le creux de ma main.

Le rituel terminé, le gardien nous montre le registre des migrants inconnus. En face de la colonne cause du décès est recopiée l'expression *exposition aux intempéries*. En bas de la page, la calligraphie est moins appliquée, comme si la main s'était fatiguée. Je regarde celle du gardien, une pogne solide de travailleur. Peut-être a-t-il senti mon regard car il souligne que c'est bien lui qui tient ce registre avec soin parce que les migrants inconnus *sont les bien-aimés de quelqu'un.*

Restes de squelettes, lit-on en guise d'épitaphe sur des minuscules plaques cabossées ou tordues.

Ce qui me frappe c'est l'impression de chaos : plaques cabossées, tournesols éparpillés, on dirait qu'ils ont été piétinés… Lupita dit que c'est à cause du vent. Elle ne quitte pas Rangel d'une semelle, comme si elle avait peur de s'envoler. Mais il n'y a pas un pet de vent ! Au contraire, ça tape au point de sentir la pression des rayons qui jettent nos corps à terre.

Casquette noire vissée sur la tête, Mike l'activiste s'agenouille pour prendre des photos : il zoome sur un numéro de matricule. Le numéro est tout petit et en relief. En relief ! Comme si ces morts n'étaient gravés dans aucune mémoire. Mais non : *ils sont les bien-aimés de quelqu'un*, comme l'a dit le gardien. Des proches sont en train de les chercher.

Si la caravane des mères de disparus n'est pas arrivée jusqu'à Falfurrias, c'est faute d'avoir obtenu des visas. Une organisatrice m'a confié une chemise écrue avec les certificats de naissance de disparus. Je ne les ai pas encore sortis de mon sac, énervée qu'elle ait annoncé à l'autocar entier que grâce à mon passeport, j'allais avaler des kilomètres pour les retrouver. Finalement je ressors les certificats.

Au verso, je reconnais les pattes de mouche de sœur Lidia, du bureau des disparus à la frontière du Honduras et du Nicaragua. Elle a griffonné :

Pour que son père atteint d'un cancer ne meure pas en colère
Disparue à la frontière
Magasin Elektra, dernier appel effectué
Pénitencier de Duport Ostion, chef d'accusation : kidnappeuse et trafiquante d'armes
Jena, Louisiane : contacter d'urgence son patron

Je comprends en les relisant que ces indices que j'avais d'abord perçus comme issus de mémoires traumatisées ne sont pas si absurdes. C'est tout ce qui reste du récit de leur vie, *il faut chérir ces phrases*.

C'est comme si le gardien du cimetière m'avait soufflé cette inspiration. Lui qui, jour après jour, recopie à la main dans son registre la même expression. J'imagine son pouce et son index en position, insufflant de l'énergie à chaque lettre afin de combattre l'anonymat.

Je prends mon cahier et recopie les indices en appuyant bien fort sur mon stylo. Ces phrases brèves comme une traînée de nuit sur la feuille blanche sont des épitaphes provisoires. L'espoir de les retrouver ne s'est pas évanoui.

Au moins, à Falfurrias, les migrants non identifiés sont enterrés au centre du cimetière. Ce n'est pas comme au Mexique où les cadavres sont enfouis sous des décharges. J'approche la main d'une petite fleur fuchsia, la seule à tenir debout. Mike coupe mon élan en me disant qu'elle est synthétique. Il a été prêtre avant de s'engager auprès des migrants et c'est peut-être pour ça qu'il garde la tête froide lors des visites au cimetière.

En sortant, nous croisons un jardinier en train de ratisser un sol vaguement vert. Et des images du blog me reviennent. Je revois Toddy en train de prélever des morceaux de terre avec des gants de chirurgien et, d'un coup, je comprends : les migrants ne sont pas enterrés au centre, mais à l'épicentre. Leur accorder le carré central n'est pas un acte de générosité, ils ont été enterrés dans une terre malade, là où l'herbe ne repousse pas.

*

– La pire des tortures a été l'herbe tendre des pâturages et la tentation des abreuvoirs. À la hauteur d'Alice, l'un des premiers patelins après le désert, Oscar a mis la tête dans l'eau sale et ça a été le début de la fin.

C'est Alexus sa compagne qui me raconte tout ça, mais mon portable capte mal, l'autocar fonce dans la plaine en direction de Houston. Le check-point de Falfurrias a beau être à des centaines de kilomètres derrière nous, les contrôles se poursuivent : des hommes aux silhouettes de bibendum débarquent en brandissant leurs scanners pour vérifier l'authenticité des papiers.

Une femme est poussée hors du car sans avoir le temps de prendre ses affaires. Au sommet de son crâne rasé, je distingue un rectangle capillaire. J'imagine le coiffeur avec sa tondeuse donnant naissance à une aura de guerrière ou de survivante. Son regard est très fort, une pulsation brève et violente qui me fait penser à un claquage musculaire. Moi qui critiquais Toddy derrière son œil de verre, j'ai le nez collé à la vitre. Je regarde cette femme en train de se faire menotter contre une barrière de ranch avec un sentiment d'irréalité.

Mais non, ce n'est pas de la fiction. Sur son siège vide, son portable avance en crabe tout en crachant des sons brouillons

À peine arrivée à l'auberge, je cherche le papier qu'Oscar m'avait donné avec ses coordonnées. En le dépliant, je découvre un petit mot au verso : *Rendez-vous à Houston pour un barbecue !* Oscar s'imaginait déjà dans son jardinet grillant des steaks et des fajitas, fêtant la naissance de son fils et sa réconciliation avec sa douce moitié…

Alexus, sa compagne, m'appelle à nouveau. Elle me raconte les bêtes sauvages, une forêt où Oscar a erré avant de se livrer. Elle me dit qu'elle a dû quitter sa maison pour payer le passeur, qu'elle vit avec ses deux bébés dans un garage, que sa belle-mère a payé un meilleur passeur au frère aîné. Je l'entends sangloter, puis tirer une chasse d'eau. Elle murmure qu'elle m'appelle depuis les toilettes d'un *sale boulot…* Elle raccroche.

Je me retrouve assise par terre dans un dortoir vide en tête à tête avec un portrait-robot épinglé sur un panneau en liège : il s'agirait d'un rescapé de l'ouragan Ike, un vagabond qui aurait chapardé de la nourriture dans le frigo.

À côté du portrait-robot, une lettre de demande d'emploi écrite au crayon à papier.

Je revois le panneau en liège du refuge de la frontière avec ses billets d'encouragement et ses petits cœurs et aussi la carte routière avec sa flèche rouge verticale. Mais c'est fini, la traversée est finie. Fini l'adrénaline et la succession de patelins, l'aiguille de la boussole est retombée. Et après ?

L'enfilade de matelas sans draps comme une banquise grise, mais ce n'est pas le nord, pas encore. L'air est poisseux. Le vieux ventilateur débranché. Dans la pièce flotte une odeur de fruits pourris. L'odeur de *la ténébreuse route du golfe*. J'ouvre la fenêtre et l'aube se lève sur Houston avec des coassements étouffés comme englués dans l'humidité.

Soudain mon portable se met à vibrer. Le prof de la frontière vient de m'envoyer le numéro de Claudia. Elle a laissé un message au refuge, elle est arrivée ! Il est tôt, mais je ne peux pas attendre pour l'appeler…

Au bout du fil, la voix de Claudia est pleine de joie. New York ?… Miami ?… Elle me dit en riant qu'elle vient d'atterrir en pleine cambrousse, elle ne me donne pas de nom de ville, elle ne précise pas dans quel État elle se trouve, elle m'indique juste le bus que je devrai prendre et me recommande de descendre à l'arrêt avant le Colorado.

*

Après une dizaine d'heures de trajet, les passagers ne supportent plus de rester assis. Ils font les cent pas dans la salle d'attente de la gare routière, participant à une sorte de chorégraphie hystérique où ils se frôlent en sursautant. Portable vissé à l'oreille, un voyageur peste à cause d'un retard dans sa correspondance. Il dit que ce trou paumé est une horreur.

Je tente d'y faire un tour en attendant Claudia, mais les rues sont désertes et balayées de rafales de vent. Pas de bancs sur les places, juste des sculptures de chevaux. Leurs jambes courtes, sans élan, on dirait des œuvres d'art pour duty free avec ce drapeau texan sur la croupe !

Ces grands espaces, durs et arides, si lents à traverser ! Comme si j'avançais à contre-courant, je n'en peux plus, je suis épuisée. Claudia n'est pas venue. Je le sentais. Tant pis, je passerai la nuit dans un motel et j'attendrai.

Me voyant traîner devant un distributeur de snacks, la gérante du motel m'invite à condition que nous préparions le dîner ensemble et que nous parlions de

Dieu tout en cuisinant. Derrière les fourneaux, Sharon aime se faire appeler Marta *comme la servante de la Bible*.

Cette vieille dame impeccable, aux cheveux permanentés et aux yeux bleus assortis à son col roulé, a recopié des versets sur des bouts de papier. Elle les a disséminés un peu partout dans sa cuisine : derrière l'évier, devant le grille-pain, dans un tiroir à couverts où je trouve aussi un pistolet. Je sursaute.

Sharon me dit qu'elle vient de l'acheter pour se défendre du kangourou du voisin, diagnostiqué bipolaire par le vétérinaire. Me reviennent les histoires d'ours et de tiques femelles, les excuses que Toddy et son voisin inventent pour piéger les migrants. Je me raidis en pensant au gel à la mandarine avec lequel je viens de me laver les mains, il m'a laissé une sensation de formol sur la peau. Mais non, Sharon est une gentille grand-mère.

Sur son frigo, les photos de ses petits-enfants, dont sa petite-fille en uniforme de marine. L'uniforme est si sophistiqué qu'il donne l'impression qu'elle n'est pas en mission dans une ville bombardée du Moyen-Orient, mais sur la Lune.

J'aimerais aussi me trouver à des milliers d'années-lumière d'ici mais il est trop tard. Le mari de Sharon nous rejoint. Nous bénissons le repas en nous tenant la main. Du moins c'est ce que je crois jusqu'à ce qu'elle se lève de table pour passer un coup de fil. Depuis l'autre pièce, je l'entends annoncer d'une voix tremblante qu'elle vient de sauver *une âme perdue*. Je réalise qu'elle m'a convertie à mon insu.

Son mari ne lève pas le nez de son assiette. Ça ne doit pas être la première fois que sa femme lui ramène un client de motel déboussolé qui, pour un repas et un peu de chaleur, cède son âme.

*

Sharon m'embarque dans sa voiture, mais je n'ai pas bien compris où nous allons. Il est 21 heures, la nuit n'est pas encore tombée : dans le ciel, je distingue des échardes de lumière. Après une dizaine de minutes, nous nous garons devant un préfabriqué violemment éclairé.

Au-delà du parking, j'aperçois un bout de voie ferrée. Un convoi passe sans faire de bruit. Les wagons sans graffitis ni traces de rouille me font penser à des Lego. Sous le ciel qui commence tout juste à s'obscurcir, je devine encore leur couleur : rouge, bleu, vert, comme les couleurs d'un drapeau qui ne me dit rien. Je sens que le monde des migrants a filé très loin…

L'immense préfabriqué est vide. Pourtant, Sharon m'assure que ces *supermarchés de la bible* font un tabac. Je feuillette des volumes et découvre que ces bibles sont estampillées *Chrétiens régénérés*, qu'il s'agit toujours de la même version, ce qui change c'est le graphisme ou le porte-bible offert avec. Des bibles sont destinées aux lecteurs myopes ou astigmates avec des polices de caractères adaptées. Sharon jette son dévolu sur une bible *version celtique pour lecteurs myopes* avec de gros trèfles en couverture.

Nous repartons. Je crois que nous allons enfin revenir au motel mais non, Sharon se gare devant un ensemble de pavillons plantés au milieu de nulle part.

Il fait nuit. Je sens sur mon visage un vent chaud, l'haleine de l'Amérique du Sud. Nous pourrions être dans la Pampa, ces grandes plaines sans rien à quoi s'accrocher à part la voie ferrée. *Elle meurt de mort lointaine l'amoureuse du vent*, écrit la poétesse argentine Alejandra Pizarnik.

Cette poussée d'exaltation retombe dans les intérieurs lugubres des pavillons. Sur des meubles lourds, des cadres dorés avec le portrait de jeunes gens en uniforme : leurs visages ronds à peine sortis de l'adolescence contrastent avec leur pose. Une pose solennelle, comme si le photographe leur avait jeté un sort, les destinant à croupir dans les mémoires.

C'est cette même pose que prennent les disparues d'Amérique centrale sur leur dernier portrait. Un portrait pris pour leurs 15 ans. Plus qu'un anniversaire, une cérémonie où les adolescentes revêtent l'uniforme de la féminité, robes vaporeuses et tiares, pour s'évader le temps d'une journée d'un quotidien où le seul fait d'être une femme est plus dangereux que de combattre dans les rangs des marines au Moyen-Orient.

*

Sur une carte, la cambrousse de Claudia apparaît sous la forme d'un rectangle glissé entre quatre États : Colorado, Kansas, Nouveau-Mexique et Oklahoma. Au XIXe siècle, aucun État n'a réclamé ce rectangle si bien que, pendant la guerre de Sécession, il devint le refuge des esclaves en fuite. Aujourd'hui, c'est une terre de migrants, non pour la promesse de liberté, mais pour celle de trouver du travail dans des abattoirs.

Ma route suit la voie ferrée. Il paraît que les migrants continuent à voyager dans les trains de marchandises, mais qu'ils le font uniquement de nuit. Les passeurs ont repris la coutume des cheminots d'allumer des feux de Bengale pour arrêter les convois.

Parfois, j'aperçois des véhicules garés sur le bas-côté avec de longues antennes.

– Ce sont des chasseurs de tornade, dit Manuel qui, à chaque fois que nous en croisons un, lâche le volant pour prendre la main de Claudia.

La jeune femme est recroquevillée sur son siège. Pendant la traversée, elle était réputée pour son sens de la stratégie et son sang-froid.

– Je n'arrive plus à maîtriser mes mains et je ne peux plus prendre le volant, m'explique-t-elle.

Du coup, elle dépend de Manuel pour se déplacer.

– Si on a peur, on ne fait plus rien…, dit-il.

Un Border Patrol nous fait signe de nous garer sur le bas-côté. Soudain, je comprends les craintes de Claudia. Les conseils du prof me reviennent à l'esprit :

– Faites gaffe aux jours fériés, aux horaires décalés, aux routes désertes, ce sont des situations propices aux coups de filet.

Le prof avait aussi parlé du DWM, le *Driving While Mexican*, une curieuse expression pour désigner, dans les États du Sud, l'arrestation au faciès. Le prof avait dit que ceux qui ont la peau foncée sont tous considérés comme Mexicains.

Le Border Patrol confisque nos chaussures avant de nous enfermer dans la voiture. Je me vois déjà dans un pénitencier. Mais non, dix minutes plus tard, il repart.

Claudia récupère ses baskets et râle en les renfilant à cause de leur intérieur humide qui ne sèche jamais. Elle dit que la peau de ses pieds est en train de se rider, mais elle ne fait aucun commentaire sur le miracle qui vient d'arriver. Manuel m'explique que le Border Patrol est reparti à cause d'un appel à la radio. Le message disait *Aliens in the gondola*, ce qui en spanglish signifie *Clandestins dans un wagon.*

– Quoi ? Répète !

Aliens in the gondola, je trouve ça absurde, mais ni Claudia ni Manuel ne font de commentaires, trop occupés à inspecter leur véhicule pour détecter ce qui a pu attirer l'attention. Les plaques customisées de petits palmiers ? Le feu arrière resté allumé ?

Ils ne disent rien des drapeaux suspendus au rétroviseur, l'un aux couleurs du Honduras, l'autre de Cuba. J'avais d'abord cru que les deux drapeaux symbolisaient l'histoire d'un couple se retrouvant au bout du monde, *deux exils qui aboutissent à une patrie*, écrivait Victor Hugo. Mais après l'épisode du Border Patrol, je réalise que le couple n'a pas la même position sur l'échelle migratoire : Manuel est *pied sec*, Claudia est *dos mouillé*.

Devant le Río Bravo, Manuel a pris le pont alors que Claudia s'est jetée à l'eau. Il a bénéficié de la loi des *pieds secs* qui autorise les Cubains à obtenir l'asile à condition d'entrer aux États-Unis par voie terrestre, soit via le Mexique. Claudia, la Centraméricaine, n'obtiendra l'asile que par miracle après douze ans d'attente en moyenne. Entre-temps, au moindre déplacement, elle risque de devenir de la *cash crop*, du cash facile, pour des shérifs qui cherchent à faire du chiffre.

Après une demi-heure de trajet, Claudia annonce que nous sommes dans l'État de l'Oklahoma. Les grands espaces se peuplent de sapins, des petits bouquets çà et là. Je pense aux rideaux de palmiers trompe-l'œil pour masquer les installations pétrolières dans le désert. Je me demande ce que cachent ces sapins…

C'est peut-être le vent qui les fragilise, mais les sapins qui défilent derrière la vitre deviennent une présence angoissée. Je réentends la voix tremblante de la tante de Liz Carolina :

– Elles portent de lourdes besaces et elles se perdent dans des grands champs.

Ce tremblement dans la voix, j'avais cru que c'était de la timidité, mais en fait c'est une voix visionnaire. Depuis la frontière foisonnante du Nicaragua et du Honduras, la tante de Liz Carolina n'a pas imaginé un désert de dunes, de chaleur à crever, elle a vu ce rectangle morne balayé de rafales de vent, des *grands champs* où sa nièce Liz Carolina a livré puis perdu sa bataille contre la pauvreté.

Manuel explique que nous sommes de retour sur la route qu'il prend chaque jour pour aller travailler. Et du coup, j'ai une intuition : le Border Patrol nous a contrôlés juste pour nous intimider. Ces simulacres d'arrestation sont le lot des travailleurs qui osent sortir du périmètre boulot-dodo.

Claudia me parle d'un collègue à qui nous allons rendre visite. Il est le seul à parler espagnol. Les autres travailleurs sont mayas, ils parlent le chol, le kaqchikel, le mam…

Nous nous garons devant un mobile home installé dans une clairière.

– Ici tu peux laisser la porte ouverte et il ne t'arrive rien…, dit Claudia.

Le collègue nous attend sur le seuil, un verre en plastique rose à la main. Il nous fait signe de le suivre à l'intérieur, son pas est mal assuré, il a l'air éméché.

Dans la pénombre, j'aperçois des fringues roulées en boule sur un matelas nu. Le désordre me renvoie à la cabane à barbecue du désert de la frontière.

À travers la fenêtre sans rideau, je ne vois pas de frêles palmiers, mais des sapins au tronc épais plantés autour de la clairière comme des vigies. Oui, des vigies, car ils ont été plantés là pour attendre le retour au campement du soldat manquant.

Une bougie est allumée devant un autel improvisé. Casquette en tissu et visage rond, je reconnais l'icône de Juan Soldado, saint patron des passeurs et adjuvant des migrants contre les morts injustes dans le désert. Oui, c'est bien lui, un arc-en-ciel se dessine sur la flamme de la bougie.

VERMONT
NEW HAMPSHIRE
Lac Huron
CANADA
Lac Ontario
NEW YORK
MASSACHUSETTS
MICHIGAN
CONNECTICUT
RHODE ISLAND
Lac Érié
PENNSYLVANIE
NEW JERSEY
OHIO
MARYLAND
DELAWARE
Washington, D.C.
Alexandria
OCÉAN
ATLANTIQUE
VIRGINIE-OCCIDENTALE
VIRGINIE
KENTUCKY
TENNESSEE
CAROLINE DU NORD
CAROLINE DU SUD
100 km

Arlandria

« Dans les ghettos, porte des baskets sales mais pas trop. »
Texto envoyé par Chuck Norris,
le prof de la frontière

Le chauffeur ouvre la soute, en sort des cartons qu'il transporte avec douceur comme s'il y avait de la porcelaine à l'intérieur. Puis, sans transition, même pas le temps de s'en griller une ou de grignoter, il se rassoit derrière le volant.

Ainsi s'écoule la nuit, rythmée par la vision de cet homme âgé qui, heure après heure, bras en angle droit, transporte des cartons de la soute à l'entrepôt.

L'aube se lève et sa silhouette frêle avance dans la lumière bleue de plus en plus froide, de plus en plus glacée. Sa douce façon de transporter les cartons transforme son travail en rituel, sa présence fragile réveille les espaces morts. Sous le ciel d'un bleu tourmenté, les rafales semblent sur le point de pulvériser une rangée de maisonnettes en bois, mais elles ne cèdent pas. Elles se serrent les unes contre les autres, tournant le dos aux parkings verglacés.

Personne ne traîne dehors à part les journaliers. Je les observe depuis l'intérieur d'une supérette où, entre chewing-gums, rasoirs jetables et cartes de téléphone, je découvre des bougies. Au Mexique aussi les bougies sont des articles de première nécessité. Mais là, pas de décalcomanies de saints protecteurs ou de madones, juste des injonctions comme *Ouvre-toi chemin !* Je pense aux messages que laissent les volontaires sur les bidons d'eau dans le désert. Ils inscrivent au feutre noir indélébile sur le plastique bleu : *Tenez bon ! Ayez la foi !*

Dans un coin de parking, les journaliers ont allumé des bougies. J'imagine que ces bougies les accompagnent au moment de monter dans n'importe quelle voiture pour n'importe quel boulot avec la peur de ne pas être payés ou de se faire expulser.

En sortant, je croise un groupe qui attend devant la supérette. Sous la visière de leur casquette, des visages flous. La fatigue comme un buvard a effacé leurs traits et vidé leurs regards. À moins que ce ne soit la lumière, une lumière forte à cause de la réverbération des rayons sur les grands espaces enneigés…

Je cligne des yeux, les bougies allumées deviennent des petits points flous comme les lumières d'un port, mais les migrants restent à quai. Sans papiers, ils n'avalent plus les kilomètres : ils enquillent les boulots.

Dans le bus qui relie Alexandria à sa périphérie désignée comme Arlandria, les passagers portent tous la même tenue de camouflage : blouson-bonnet de couleur sombre. Les femmes n'osent pas le maquillage, parfois un bindi sur un front, plus rarement une croix de cendre. Jamais de gloss sur des lèvres trop occupées à psalmodier.

Comme au Texas, les néons qui constellent le paysage ne renvoient pas à des centres commerciaux mais à des églises multiconfessionnelles.

– On leur ferme toutes les portes et l'Église leur ouvre une fenêtre, m'a dit le père J. Hoyos, un prêtre colombien qui compte deux mille fidèles à sa messe du jeudi soir.

Plus qu'une messe, il s'agit d'une cérémonie pour renouveler les énergies afin d'affronter une nouvelle semaine de *3D* – ainsi les sans-papiers désignent leurs boulots : *3D* pour dégueulasses, dégradants et dangereux… Les parkings sont les nouveaux champs de bataille où les sans-papiers livrent leur combat en silence, en cachette et en priant.

Dina avec ses 70 ans bien sonnés fait partie de la génération des pionniers qui émigrèrent pour fuir les guerres civiles des années 1980. Elle a gardé une culture de la résistance et préfère les slogans aux psaumes, la lutte pour ses droits à la prière.

Sur le parking des journaliers, elle tente de convaincre les sans-papiers de participer à la énième manifestation pour la réforme migratoire. Je me glisse dans le petit groupe qu'elle entraîne chez elle, juste à côté. Une fois dans son studio, elle ouvre la porte de son placard :

– Choisissez la perruque que vous voulez, à part la platine que je garde pour aller au centre commercial.

Personne n'ose toucher aux perruques enveloppées dans du papier de soie. Ce ne sont pas des perruques de supporters. Elles ont été chinées avec soin, elles sont rigolotes sans être vulgaires, elles me rappellent les années disco…

Pour décorer les murs de son studio, Dina a accroché à des clous des filets aux couleurs vives. Je lui demande à quoi servent ces filets.

– Mais ce sont des hamacs ! Je les vends, c'est mon métier…

Ma méprise brise la glace et elle ne se fait pas prier pour raconter son histoire.

Dina vient d'une lignée de tricoteuses originaire de Valle Alegre au Salvador. L'artisanat est pour elle un idéal révolutionnaire. *Travaillez la couleur et la couleur vous rendra libre !* est son credo. Elle vit sans papiers depuis trois décennies. Elle n'a jamais cessé de tricoter des hamacs, même si elle ne dort pas dedans, *car à Arlandria les murs sont en carton et les hamacs ne tiennent pas*.

Personne n'achète ses hamacs, mais elle continue à tricoter… De quoi vit-elle ? La débrouille au jour le jour, mais Dina ne veut pas en parler. Elle préfère évoquer l'époque de la guerre au Salvador et les années de pénurie d'aiguilles à tricoter. Elle taillait les siennes dans des noyaux de mangue.

Avec les noyaux de mamey si tendres qu'ils s'effritaient avec les doigts, elle obtenait une sorte de poudre qui, passée sur les cils, sublimait le regard bien mieux qu'un mascara…

Devant la Maison-Blanche, la foule scande :

– On est bien là. On s'en va pas, et si on nous jette, on reviendra !

Barack Obama se manifeste à travers un message vidéo. Dina, qui rata l'amnistie Reagan de 1986 en arrivant un mois après, en a vu défiler des présidents !

Elle a vécu l'ère Bush et ses grands coups de filet comme celui de 2008, où l'incursion d'agents cagoulés dans un abattoir de Postville dans l'Iowa effraya les travailleuses qui crurent à une nouvelle attaque terroriste… Sous Obama, les expulsions ont augmenté : elles se font plus discrètement, à domicile, grâce à une brigade autorisée à se déguiser.

Le sénateur Gutiérrez est le seul politicien à participer à la manifestation. Il représente le dernier espoir de Dina. Elle fait la queue au pied de l'estrade, espérant lui serrer la main. Je serre dans la mienne la poignée du sac plastique qu'elle m'a confié. Ce n'est pas n'importe quel sac plastique. En serrant sa poignée provisoire, me revient l'une des rares remarques que Dina ait lâchées sur sa traversée : *Je suis arrivée aux États-Unis sans sac à main, ma vieille !*

– Ils poursuivent les travailleurs plutôt que les délinquants, luttons contre la 287 g et l'histoire nous récompensera ! scande Jesús, un ex-avocat mexicain devenu maçon.

Jesús vient aux manifs pour *ne pas s'éteindre*. Il me parle de ses journées de travail qui s'empilent. Avec l'activisme, il reprend espoir. On lui a fermé toutes les portes ? La lutte contre la 287 g est sa fenêtre à lui. Mégaphone au poing, il scande des slogans contre cette loi qui autorise la police municipale à contrôler le statut migratoire d'une personne pour un oui ou pour un non. Il suffit d'un soupçon…

Dans la manifestation, j'entends nommer la 287 g à tout bout de champ comme si cette loi était un exutoire pour ceux qui ne savent plus trop comment parler de ce qui leur arrive : les nuits d'insomnie avec leurs cauchemars de viols ou de tueries, les hivers passés à laver des vitrines sous la neige et sans blouson, le deuil impossible de parents faute d'avoir pu assister à leur enterrement.

Jesús revient de celui de sa mère.

– J'ai dû me retaper toute la route migratoire…

Je cherche à en savoir plus sur sa traversée, mais il fait un geste pour m'arrêter.

Dina me signale un *Minuteman* camouflé dans la foule. Ces miliciens passent souvent à la télé, carabine à l'épaule et viseur sur la ligne frontalière. Ce qu'elle prend pour une munition ressemble plutôt à un bic glissé dans un gilet kaki. Pour moi, ce n'est pas un *Minuteman* mais un reporter. J'imagine que dans quelques heures, il devra rendre un article sur la manif pour la réforme migratoire et je le plains. Difficile de trouver du neuf à écrire sur ces manifestations qui se répètent chaque année. Il faut dire que ça tambourine sans cesse sur les djembés et que les activistes eux-mêmes contribuent à faire de leurs revendications un bruit de fond.

Pour attirer l'attention, il faut être victime d'une arrestation. Il suffit de rester planté devant les grilles de la Maison-Blanche, vu que c'est strictement interdit. Les flics rappliquent et les portables mitraillent le énième activiste en train de se faire menotter…

Tiens, en voilà un ! On dirait qu'on nous repasse la même scène en boucle : un homme nuque inclinée encadré de policiers.

– Ah regardez, c'est John ! John, le directeur de la coopérative de chauffeurs de taxi ! Je parie qu'ils vont le relâcher illico, il ne risque rien puisqu'il est blanc ! raille Margarita.

Cette trentenaire mexicaine préfère rester camouflée dans la foule. Elle sait qu'au moindre faux pas, elle risque de tomber dans une toile d'araignée de cautions, recours, avocats, expulsion dont l'issue dépend plus des dollars que de la loi.

Dans le bus scolaire qui nous ramène à Arlandria, Margarita me présente son fils Alan. Il a 6 ans. Cheveux en brosse, traits délicats, le petit dort sur un bout de banquette, le corps contorsionné. Margarita dit qu'Alan ne veut plus dormir avec elle et qu'il finit ses nuits par terre :

– Mais en ce moment, je ne peux pas me permettre d'acheter un autre matelas.

Elle explique qu'en temps de crise, les obstacles se multiplient. Par exemple, l'E-Verify, un système informatique pour détecter les fausses cartes de Sécu, est en train d'être implanté un peu partout y compris dans son boulot. Elle a préféré anticiper, elle vient de démissionner.

Je regarde Alan, son visage triangulaire d'une grande pureté. Le petit garçon navigue dans un sommeil profond, loin très loin de ce bus scolaire jaune poussin. Derrière les vitres défilent les avenues ouatées de la capitale de la diplomatie, notre bus plein de manifestants sans papiers circule sans être inquiété. Je me dis que ces manifs sont tolérées et perçues comme un défouloir avant que les petites mains et les gros bras ne regagnent les parkings d'Arlandria.

Arlandria est un nom de territoire imaginaire sans doute inspiré des fresques hautes en couleur, seul point de repère dans la grisaille endormie de cette friche urbaine. Derrière une fresque représentant un phénix volant haut dans un ciel bleu se trouve l'école primaire. Dina m'y entraîne pour me présenter à des mamans sans papiers. Elle m'annonce qu'ensuite nous irons prendre le thé.

Je sens la chaleur commencer à me gagner par le bout des doigts, comme si je tenais déjà une tasse entre les mains. Nous allons enfin nous asseoir sur un canapé. Je n'aurai plus à cavaler pour enregistrer des bouts de phrases, je n'aurai plus à craindre qu'au moindre geste Dina s'arrête de parler.

Une journée que je la suis et je n'ai pas grand-chose à noter. Dina s'exprime par slogans comme : *Seule tu tombes, seule tu te relèves...* Plus tard j'apprendrai que ce n'est pas la guerre au Salvador qu'elle a fuie mais la violence de son mari, que ses perruques servent également à camoufler les cicatrices de son cuir chevelu.

Dina répète aussi :

– Le premier monde n'est pas pour tout le monde même si je vis dedans.

Une phrase qui résume bien une vie passée à faire des ménages à 2,25 dollars de l'heure dans des hôtels la journée et des centres commerciaux la nuit.

Nous nous gelons les miches et les mamans sans papiers n'apparaissent pas, les enfants non plus. Pas un cri ne sort de cette cour de récré ! Soudain, une voix de robot annonce :

Dans le cadre d'une campagne contre l'obésité, les mamans devront se garer deux pâtés de maisons avant l'école pour que leurs enfants puissent marcher.

Dina se met à gueuler :

– Arlandria est en état de siège !

Sa voix comme son visage sont d'une grande dureté. Mais, peut-être en raison du contraste avec sa perruque platine, Dina dégage une aura d'une tendresse extraordinaire.

*

Chaque soir de retour d'Arlandria, je file devant le miroir et découvre que mes lèvres sont toutes noires, portant le deuil de ces journées qui s'écoulent comme un film muet. Ce n'est qu'à la nuit tombée que le téléphone introduit la bande-son : des voix qui chuchotent des histoires d'exil.

Maria, une journalière d'une cinquantaine d'années, est la première à m'appeler. Sur les parkings d'Arlandria, elle se vantait de travailler dur : quarante-huit heures de suite. Elle tenait le coup grâce à un complexe vitaminé et essayait de m'embrigader dans la vente par correspondance de vitamines en me soumettant à un questionnaire d'hygiène de vie. La question n° 9 portait sur le temps de sommeil : combien d'heures dormez-vous : trois, quatre ?

Maria ne dort plus depuis qu'elle est sans nouvelles de son fils. Il a disparu en allant simplement travailler sur un chantier à Washington.

– À cause de la loi 287 g, il a dû être arrêté et peut-être même expulsé, me dit Maria au téléphone.

Elle espère qu'il est encore aux États-Unis, elle veut le retrouver pour lui dire de ne pas signer son expulsion, elle peut lui payer un bon avocat.

Grâce au travail de fourmi d'une activiste parvenue à recoudre le patchwork de prisons locales, fédérales, privées et même cachées, j'ai retrouvé le fils de Maria dans un pénitencier de la banlieue d'Atlanta. La standardiste m'a confirmé qu'il était bien là, mais elle n'avait pas le droit de me le passer. Elle ne pouvait pas non plus lui laisser de messages. Est-ce que la standardiste a fait quand même un geste ? Le lendemain, le fils a donné des nouvelles à sa mère.

Depuis, mon téléphone commence à sonner à la nuit tombée. Je suis à chaque fois abasourdie par le nombre d'arrestations. Et je me repasse ma journée à

Arlandria comme s'il manquait une séquence : grands axes, parkings, silhouettes en blouson-bonnet…

*

– Tu dors déjà ?

Le visage de Jimmy dans l'entrebâillement de la porte comme une lune froissée. Jimmy doit avoir la trentaine, mais son visage est marqué à force d'enchaîner les boulots Kleenex et les nuits blanches à jouer au poker *online*. Sur sa table de nuit, il a laissé traîner des fioles de Botox par dizaines.

Il m'a sous-loué sa chambre et passe souvent récupérer des affaires. En général, quand il entre, je suis déjà dans un demi-sommeil et je l'entends juste farfouiller dans son grand placard. Il en ressort des ballots remplis de sacs à main qu'il achète en gros pour les revendre dans sa région d'origine du sud de la Chine.

Un soir, il m'offre un sac mais pas n'importe lequel : un petit sac qui se porte en bandoulière, tissé par sa grand-mère.

– C'est elle qui m'a élevé, dit Jimmy en sortant sa photo de son portefeuille.

Par sa physionomie et les vêtements tissés de couleurs vives, sa grand-mère pourrait être amérindienne. Elle ressemble à Margarita, la jeune femme mexicaine originaire du Chiapas.

En me recouchant, le sac de la grand-mère de Jimmy contre mon cœur, je me laisse aller dans une rêverie de préhistoire migratoire. Nous traversons des étendues glacées, marchons en colonne comme des soldats avec en tête Margarita, son fils endormi dans ses bras.

Un Apache ferme la marche en effaçant avec un bâton les traces de nos pas. Au bout de notre traversée vers le sud, nous espérons trouver un peu de chaleur. À mesure que nous avançons, la neige fond. Une eau froide et sale nous submerge, mais sa texture est si douce qu'on est tentés de s'arrêter là, de s'abandonner… Mais non, mais non, il ne faut pas, c'est là qu'on meurt de froid.

Jimmy interrompt ma rêverie : nous allons être en retard au concert. Impossible de se débiner, cela fait une semaine que son copain violoniste a mis de côté les billets.

Nous entrons dans un bâtiment en verre avec de larges couloirs et une moquette rouge épaisse. La lumière n'est pas agressive et pourtant je me sens comme un lapin pris dans des phares. Dès les premières notes je ne parviens pas à rester assise, mes jambes se dirigent vers la sortie.

En rallumant mon portable, je tombe sur un message de Margarita. Elle me parle de son colocataire qui n'est jamais revenu et a disparu en laissant toutes ses affaires. Je la rappelle. Elle me dit qu'elle n'est pas angoissée pour lui, mais pour son loyer. Avant de raccrocher, elle m'invite à la rejoindre le lendemain pour tracter.

Serrées dans la petite voiture rouge de Margarita, nous voilà parties, Radio El Zol à fond. Je pense à notre conversation de la veille et je me dis que le téléphone devient la nuit une bouche de vérité. Comment deviner ce matin que Margarita est sans papiers, qu'elle vient de perdre son boulot chez Cash & Go, que son colocataire a peut-être été expulsé et que son fils ne veut plus partager le matelas au point de finir ses nuits par terre ?...

Margarita a mis son masque d'activiste, elle fait tout un speech sur la campagne nationale de recensement. Cette fois, il ne s'agit plus de boycotter, mais de convaincre les sans-papiers d'y participer.

– Nous avons l'habitude de vivre en meute, n'est-ce pas ? dit-elle en prenant l'exemple de la banane et de la canette de Coca que ses compagnons de route se passaient de main en main : une bouchée et une gorgée chacun avant l'assaut du train.

– Cette solidarité, où est-elle passée ? La meute nous manque et nous n'allons pas la retrouver si nous restons enfermés à regarder des *telenovelas* !

Je me laisse emporter, mais soudain Margarita s'interrompt, fixe son rétroviseur et jette son dévolu sur une femme d'une quarantaine d'années assise à l'arrière :

– Dis donc, Olympia, tu as le cheveu qui pue. Quelle est donc la marque de ta teinture ?

Visage pâle émergeant d'un gros blouson, cheveux teints au henné ramassés en queue-de-cheval, Olympia ne réagit pas, ce qui excite davantage Margarita :

– Vos enfants sont restés au pays, je me demande comment vous faites, Olympia. Nous, les Mexicaines, nous nous transformons en furies si on nous sépare de nos petits !

Et Margarita de raconter qu'elle traversa le désert d'Arizona, son bébé de sept mois dans les bras…

Une autre femme, assise à l'arrière, l'interrompt pour souligner que les Vénézuéliennes aussi se comportent en louves avec leurs petits.

– Elle est des nôtres ! s'exclame Margarita, les Sud-Américaines ne sont pas de celles qui abandonnent leurs enfants. Mais vous les Centraméricaines, expliquez-nous un peu pourquoi vos pays sont des nids à délinquants ?

Olympia s'est fait une carapace depuis dix ans qu'elle vit seule sans papiers.

Alors que nous tractons, je remarque que même sous la menace des portes claquées, elle reste souriante. Sortant un petit discours sur le recensement, elle en profite pour refiler sa carte de visite *Produits Jaffa, masques faciaux à domicile*.

Et soudain, elle glisse ses tracts dans mon sac. Le type qui nous a ouvert la porte s'est éloigné, dit-elle, pour passer un coup de fil et la dénoncer. Nous quittons la barre d'immeubles au pas de course. J'ai envie de lui lancer une pique du genre *Pourquoi distribuer des tracts quand on est sans papiers ?* Mais je me retiens et lui demande :

– Pourquoi prendre autant de risques pour un recensement ?

Olympia me répond que servir la communauté est un plus dans son dossier pour l'obtention de papiers. Elle me dit aussi qu'à travers le bénévolat elle retrouve le rêve d'un métier. Au Honduras, elle avait été commerciale. Je pense à Claudia qui avait été esthéticienne et qui se bat maintenant pour se faire embaucher à dépiauter des bêtes dans des abattoirs…

Olympia me montre en passant un restau chinois, le Pékin Gourmet. Elle me dit que c'est devant sa vitrine que les femmes sans papiers attendent du travail mais qu'à cette heure-ci, elles sont toutes parties.

Au loin, j'aperçois deux ou trois journaliers traîner avec leurs packs de bière. L'un, assis sur un bout de trottoir, dans une tache de soleil, a enlevé son blouson. Sur son polo bleu avec des petites ailes dans le dos, je lis écrit en blanc : *Waiting for a miracle*.

Comme lui, j'attends un miracle, mon regard glissant dans les abysses enchantés de l'aquarium derrière la vitrine. Je pense à Margarita, Dina, Olympia qui attendent chaque jour un travail, poireautant devant l'aquarium en vitrine du Pékin Gourmet, rêvant d'un monde sans *pieds secs* ni *dos mouillés*.

MEXIQUE
Golfe
du Mexique
BELIZE
Corinto
San Pedro Sula
GUATEMALA
HONDURAS
Tegucigalpa
SALVADOR
NICARAGUA
OCÉAN
PACIFIQUE
100 km
COSTA RICA

La loi des fuites

> « Allez-y, tuez-moi. Comment voulez-vous appliquer la loi des fuites ici ? Le terrain est plat... »
>
> Eliseo, ancien migrant

La lumière douce et épaisse agit comme un baume sur les nuques des expulsés, mais ils ne réagissent pas. Tant qu'ils n'auront pas enlevé ces joggings gris, leur corps restera endormi.

Ils marchent comme s'ils étaient encore dans le royaume de la lumière artificielle et des nouilles sans sel. L'opération *Retour à l'expéditeur* se termine au Honduras avec des paires de menottes alignées au pied de l'avion. Une mise en scène qui met en colère sœur Valdette.

Cette religieuse brésilienne dont la mission est de s'occuper des déplacés d'Amérique latine marche à grands pas sur la piste d'atterrissage en laissant éclater sa colère :

– Les Salvadoriens ne permettent pas que leurs citoyens soient traités comme des délinquants ! Les Colombiens réclament leurs droits haut et fort ! Mais les Honduriens ne disent jamais rien, ils se sentent toujours en tort !

En à peine dix minutes, les expulsés ont quitté l'aéroport de Tegucigalpa, laissant derrière eux des cartons. Une bande d'enfants est déjà en train de les fouiller. À l'intérieur, toujours la même chose : des bibles et des tongs. Une petite fille s'assoit par terre avec un tas de bibles. Elle vérifie que les pages ne sont pas arrachées. À la fin, elle en embarque trois.

– Elle va les revendre à des missionnaires évangélistes, dit Omar, l'assistant social.

Le jeune homme au crâne rasé arpente le parking, un téléphone sans fil sous le bras. Regard doux derrière ses lunettes cerclées de fer, il semble indifférent à la détresse de la femme qui lui emprunte son téléphone. Elle nous tourne le dos pour composer un numéro, je l'entends ravaler sa salive puis raccrocher.

Elle rend le téléphone avant de repartir en boitillant. Omar m'explique que cette femme est *signalée*. Un gang veut sa peau et dans une tentative pour ne pas se faire expulser, elle s'est esquinté le pied. Il ajoute que des expulsés menacés de mort, il en voit souvent.

À cause du prix de l'essence qui ne cesse d'augmenter et de la guerre des bus, la plupart des habitants de Tegucigalpa se déplacent à pied ou à moto. Omar accepte de me déposer avec sa moto dans le centre-ville. Les routes sont sinueuses, la capitale du Honduras est construite sur des collines. Il suffit de grimper un peu pour avoir l'impression de se trouver à la même hauteur que les hélicoptères de l'armée.

– Ils sont censés être là pour la sécurité mais, en réalité, ils nous surveillent…

Omar souligne que la violence politique existe bel et bien, mais qu'elle est camouflée par celle des gangs et des narcos.

Au fond de mon sac, j'ai un agenda avec les numéros de téléphone des familles de sans-papiers rencontrées à Arlandria. Après la grisaille endormie, cette lumière dorée me met dans un état d'euphorie, mais il ne faut pas oublier le danger : la plupart des passants sont armés et ils ne s'en cachent pas. Les rues du centre-ville sont saturées de graffitis.

– Après le coup d'État de 2009, la blessure ne s'est pas refermée. Ces graffitis sont la radiographie du pays, dit Omar.

En apprenant que j'ai rendez-vous avec les fils d'Olympia dans un fast-food, il démarre au quart de tour :

– Quelle belle façon de dépenser les dollars de leur mère, en s'empiffrant !

Dans le centre-ville, il n'y a pas un seul café, juste des fast-foods. La rue commerciale où Omar me dépose pourrait se trouver dans n'importe quel centre-ville de la planète sauf que je sens la peur des passants à leur façon brusque de marcher.

Une jeune femme sort furtivement une liasse de billets planquée dans les couches de son bébé. Je me dis que les fils d'Olympia devaient avoir à peu près le même âge quand la détresse économique a chassé leur père puis leur mère. Au Honduras, on appelle les enfants de migrants *les orphelins de parents vivants*.

Carlos, un adolescent maigrichon aux yeux noirs et aux traits fins, demande à voir une photo de sa mère. J'en retrouve une sur mon portable. Raul, son grand frère, est resté debout et la regarde aussi. Mais la photo n'est pas un portrait. En l'agrandissant, le visage de leur mère n'est qu'une touche de Tipp-Ex.

Quelle cruauté d'avoir montré cette photo. Je n'aurais jamais pensé que Carlos et Raul n'avaient jamais eu l'occasion de voir le visage de leur mère en une décennie !

Carlos continue de fixer la photo, il n'a pas encore touché à son burger. Raul s'est éloigné pour passer un coup de fil. Autour de nous, des enfants se roulent dans des piscines de boules colorées.

Les fils d'Olympia sont venus au rendez-vous accompagnés de leurs tantes et de leurs cousins. L'un s'interroge, trouvant bizarre qu'Olympia m'ait dépêchée au Honduras *comme ça, sans donner de nouvelles...* Fait-il allusion aux portables et autres baskets dernier cri que la famille s'attend à recevoir des États-Unis ?

Carlos sent bien que je suis mal à l'aise, il tente de me faire la conversation et me parle d'études de droit. Raul voudrait suivre des études de commerce. Je pense déjà au coup de fil que je passerai à Olympia pour la rassurer. Je lui dirai que non, ses garçons ne partiront pas sur les routes sur un coup de tête. C'est la hantise d'Olympia depuis qu'elle entend au bout du fil leurs voix en train de muer, annonçant leur entrée dans l'âge de la migration.

Pendant dix ans, elle a puisé ses forces dans ces appels quotidiens où elle pouvait entendre la voix de ses enfants, mais aussi les bruits de sa maison et parfois de sa rue. Depuis que ses fils sont entrés dans l'adolescence, elle sent une pression derrière chaque mot échangé. Elle raccroche à chaque fois en tremblant, comme si elle avait fait un bras de fer avec le temps.

Raul l'aîné est justement avec sa mère au téléphone. Il me passe Olympia. Et là je n'en reviens pas. Elle me supplie de lui ramener ses enfants :

– Je te demande juste de les mettre dans le bon bus, de t'asseoir à une distance de deux sièges derrière eux pour les surveiller. Je te paierai bien, tu ne risques rien !

– Tu ne risques rien !

Je pense à Dilcia, une activiste hondurienne rencontrée à Washington. Elle avait fui le Honduras avec ses fils. L'un a été torturé avec sa baby-sitter en représailles à la participation de sa mère à une Gay Pride.

Je repense aussi aux propos d'Omar sur la violence politique camouflée derrière celle des gangs et des narcos.

Je n'ose pas imaginer ce qui m'attend si on me prend pour une trafiquante d'enfants…

Raul me dit que j'ai l'air fatiguée, qu'il va me raccompagner. Lui aussi se déplace à moto. Pendant le trajet, il me pose des questions sur sa mère. Je n'ose pas lui dire que celle qui l'appelle tous les jours pour lui raconter un nouvel épisode de *la saga du cheval qui rit* ne bataille pas avec une gringa capricieuse qui l'obligerait à passer du gel dans les crinières de ses chevaux, comme il le croit.

Alors que Raul descend les ruelles à toute blinde, les silhouettes des passants dessinent une farandole criarde. Je revois les tee-shirts bariolés des frères, des sœurs et des neveux d'Olympia dans le fast-food jaune et violet. Dans cette lumière mordorée, je ressens sa solitude comme une morsure. Elle qui chaque jour se débat avec des enragés, espérant un boulot journalier sur un parking verglacé, alors que sa famille restée au Honduras attend ses dollars sans se demander si elle a un toit. Où elle habite. Si quelqu'un lui dit bonjour, bonne nuit.

Devant la Bibliothèque nationale, je demande à Raul de s'arrêter. Non, je ne logerai pas chez sa tante comme prévu. Il insiste, mais je tiens bon. J'avais repéré la Bibliothèque nationale avec son cloître aux piliers solides comme un refuge possible, mais la salle de lecture est fermée.

Un vieillard assis dans un coin râle contre le bourdonnement incessant des hélicoptères. Il est en train d'écrire des listes de mots. Des mots croisés ? Non. Son truc, ce sont les hit-parades. Il espère gagner le concours du meilleur hit-parade avec un mois de salaire minimum à la clé. Ces concours, impossible de les ignorer : toutes les dix minutes, un texto annonce le hit-parade gagnant.

De son mobile home aux États-Unis, Claudia m'envoie des textos pour me guider. Je lui écris que je n'ai pas d'endroit où dormir, que j'ai dû quitter l'hôtel au bout d'une nuit. Le réceptionniste avait un sale air.

Claudia m'indique le chemin jusqu'à une pension anonyme du centre-ville qui avait été son point de départ lors d'une tentative migratoire ratée : une fois l'acompte versé, son passeur l'avait plantée. Par chance, la patronne avait été compréhensive et lui avait fait crédit. Elle me conseille de prendre une chambre aveugle au deuxième étage.

À l'aube, je suis réveillée par des bruits venant de la rue. Des bruits de fer battu sur le pavé. On dirait des piolets, comme si l'ancienne ville minière était toujours en activité. Je monte sur le toit et j'assiste avec le lever du soleil à une étrange chorégraphie : des femmes perchées sur des escarpins dévalent les ruelles pour se rendre au travail. Je pense à Claudia qui m'a dit et redit combien elle regrettait le temps où elle était une femme active qui s'habillait bien.

Un texto vient d'informer le Honduras tout entier que Tegucigalpa arrive en tête dans le hit-parade des villes les plus gothiques du monde. Une des raisons de ce classement tient sans doute aux vendeuses de cercueils installées sur les berges du fleuve qui sépare Tegucigalpa de sa ville jumelle, Comayagüela !

Depuis belle lurette, les familles de migrants n'investissent plus leurs dollars dans l'électroménager, mais dans ces cercueils *qui se revendent vite en cas de pépin*, dit une vendeuse à l'allure de pirate : longue jupe imprimée panthère, profil sculpté, lobes gonflés par des doubles anneaux dorés.

Elle a élevé seule ses douze enfants en trafiquant des médicaments à la frontière avec le Nicaragua. Dans un petit comptoir qu'elle tenait, elle préparait à dîner aux ouvriers d'une conserverie. Encore aujourd'hui, elle travaille si dur *qu'elle n'occupe jamais son lit*.

En plus des cercueils, elle vend des ballots de vêtements que ses enfants, tous migrants, lui envoient des États-Unis. Mais voilà qu'hier *ils* sont passés et *ils* lui ont tout pris, y compris son linge qui séchait au soleil.

– Ils qui ?

Elle se détourne vers le fleuve et me dit de m'en aller :

– Il y a des enfants qui courent partout, ils pourraient vous importuner.

Le lendemain à l'aube, je monte dans un véhicule stationné devant ma pension, croyant qu'il s'agit du taxi que je viens de commander. Mais les yeux cramés du chauffeur me mettent mal à l'aise. Il fait encore nuit, je reconnais les contours du stade de foot. Est-ce la bonne direction pour la gare routière ?

Mon portable sonne. Au bout du fil, c'est le taxi que j'avais commandé.

Le chauffeur du faux taxi profite de cet instant de confusion pour me braquer. Sans doute trop pauvre pour s'acheter une arme à feu, il me menace avec un couteau. Je le supplie de m'épargner. Il prend mon sac et me laisse descendre en m'assurant qu'il est du côté de Dieu et qu'il ne tue pas.

*

Ton nord est ici, ne t'en va pas. Reste et triomphe ici ! Aux portes de Tegucigalpa, la propagande remplace les graffitis.

Entre éviter la mort au quotidien et vivre dans l'ombre aux États-Unis, les Honduriens ont choisi : chaque jour, sept bus font la liaison entre Tegucigalpa et Corinto, un village à la frontière du Honduras et du Guatemala.

Corinto n'est pas seulement un point de départ, il est le terminus des expulsés. Depuis l'application de l'opération Fin du jeu, tous les migrants arrêtés lors de la traversée du Mexique y sont trimballés en bus.

Pour me rendre à la frontière, je suis obligée de reprendre un taxi. Je ne cesse de parler au chauffeur et de lui faire la conversation pour me rassurer. Il s'appelle Eliseo, il a 21 ans et a lui aussi tenté la traversée sauf qu'il a déclaré forfait à mi-chemin.

Je lui parle de l'opération Fin du jeu :

– Fin du jeu, fin du jeu… Oui c'est vrai, il y a bien des gens qui pensent que cette traversée est un jeu vidéo, les flics mexicains surtout. Vous connaissez la loi des fuites ? Les flics mexicains me l'ont appliquée. C'était dans l'État de Guanajuato. Ils m'ont fait descendre du train, ils étaient armés, avec des AR-15. Ils m'ont dit que j'avais 30 secondes pour partir en courant et que si j'arrivais à passer entre les rafales, je serais un homme libre. Je leur ai répondu : « Allez-y, tuez-moi, comment voulez-vous appliquer la loi des fuites ici ? Le terrain est plat… » Puis je me suis mis à courir, à courir, j'entendais des rires, j'avais les jambes en coton, je suis tombé. Au lieu de rafales, j'ai entendu des bruits de moteur. Sauvé !

Des bus d'expulsés se garent autour d'un gigantesque rond-point bordé de palmiers nains. Pas d'assistant social ni de religieuses pour accueillir ces migrants qui débarquent avec les vêtements qu'ils ont sur eux. Ils ne laissent pas de tongs dans des cartons, ils les ont aux pieds.

Une jeune femme me demande de l'argent pour son ticket de bus. Son village se trouve sur la côte Caraïbe, à une centaine de kilomètres de Corinto.

– Nous les Honduriens nous partons seuls, nous n'avons pas de groupe, pas de passeurs. Nous revenons seuls et nous mourons seuls.

La jeune femme a été arrêtée à Huixtla au Chiapas, au tout début de la route migratoire. Je lui parle du point de passage suivant, celui de La Arrocera où les migrants subissent les pires atrocités.

Elle me raconte qu'en prison, elle a rencontré une expulsée passée par La Arrocera :

– Vous connaissez les *zompopos* ? Elle a été retrouvée sur un nid de ces fourmis coupeuses, nue et ligotée avec à ses pieds la tête tranchée de son mari. Elle tournait en rond dans la cellule. Avec toutes ces piqûres, elle se grattait et se grattait. Elle ne pouvait même plus s'asseoir.

Deux femmes en tenue sportive se sont assises sur un banc devant la guérite frontalière. Je les avais aperçues alors qu'elles descendaient du bus des expulsés, les voilà déjà prêtes à repartir.

Une femme très âgée et très maigre leur parle en se tamponnant la bouche, je crois entendre le mot *enmouetté*. La vieille femme me fait penser à la vendeuse de cercueils de Tegucigalpa qui, évoquant la migration de ses enfants, disait : *Leurs ailes ont poussé, mes enfants se sont envolés...*

L'heure tourne, Eliseo me fait signe de monter dans son taxi et nous repartons pour Corinto.

À l'aller, j'avais eu l'impression que les maisons avaient été démantelées. Au retour, c'est le contraire, on dirait qu'elles sont en construction. Je demande à Eliseo si elles ont été financées par l'argent des migrants. Il me parle de narcodollars, il dit qu'une fois terminées, ces villas ne sont jamais occupées :

– Elles ne cessent de s'agrandir, c'est la même chose dans les cimetières, ils construisent des niches et des niches qui restent vides et cela fait des fantômes supplémentaires.

Eliseo a bien dit *fantômes*. Omar, l'assistant social des expulsés, parlait de *force vive brisée*.

Lors de sa tentative migratoire ratée, Claudia avait été découverte cachée sous la bâche d'un camion. Elle avait ensuite été expulsée en bus jusqu'à Corinto. Elle m'envoie un texto avec le nom d'un petit hôtel où elle avait séjourné, me décrit ses balcons et ses chambres inondées de lumière. Elle évoque aussi les délicieux sandwichs à l'avocat qui lui avaient permis de reprendre du poids si bien qu'en revenant travailler, ses collègues n'avaient jamais deviné sa tentative d'émigrer.

En arrivant dans le petit hôtel, je découvre des chambres aveugles qui dégagent une verdeur étrange comme si de la mousse avait poussé sur les parois. Je redescends en courant. Le taxi est toujours là, Eliseo savait…

Il me propose de loger chez lui, il fête ce soir l'anniversaire de son fils. Il a aussi invité un autre client, un gringo graffiteur à qui il a commandé un dragon pour la chambre du petit.

Nous traversons le village. Claudia m'avait textoté qu'à Corinto les gens sont charmants, qu'ils ne sont pas tatoués et ne s'habillent qu'en blanc. Elle a raison, le bourg est charmant : les vélos ont remplacé les motos, les trottoirs sont tapissés de pétales violets et les passants portent des sandales. Mais ils ne sont pas vêtus de blanc. Leur colère se manifeste par tee-shirts interposés : *Chez nous, pas besoin de relations sexuelles* ; *Le gouvernement nous baise au quotidien* ; *Si tu veux rentrer à la maison, rapporte-moi des $$.*

L'arôme du café flotte chez Eliseo. Dans la pièce, un transistor est accroché à un clou avec une paire de sandales. Une voix douce à la radio parle de morale cosmique : *Nous avons rompu le pacte social basique, la morale cosmique, la vie n'a plus de valeur.* Ce n'est plus le ton speedé de l'habituel présentateur-DJ qui annonce les morts du jour comme s'il s'agissait de promotions de supermarché.

Allongée dans mon hamac, j'ai une pensée pour Dina qui n'a jamais cessé d'en tricoter mais qui ne peut pas dormir dedans. *Travaillez la couleur et la couleur vous rendra libre !* : le credo qu'elle a adopté pour survivre dans la grisaille d'Arlandria est vécu intensément chez Eliseo, où les murs sont bicolores et le carrelage pimpant.

Pour faire émerger son dragon, Allan, le gringo graffiteur, joue avec la partie basse du mur dont la couleur foncée sert à masquer la poussière. Allan a commencé son périple à Bogotá, mais il vient de Saint Louis. Il me montre son carnet de voyage, ses petits dessins…

La maison d'Eliseo se trouve à l'entrée du village, elle est entourée de plants d'avocats. Je flâne un peu, mais mon hôte me rattrape et s'excuse en rougissant. Il a beau connaître tout le monde ici, il a dû renoncer à accompagner son fils à l'école à pied.

Nous passons l'après-midi à discuter et à boire du café assis sur le seuil de sa maison, avec au loin un horizon de collines bleues et, entre les deux, une nature merveilleuse où l'on ne peut pas marcher.

*

La station-service est déserte. Juste une forte odeur d'essence et de béton cramé, l'agitation de fourmis sur le sol fissuré semble annoncer un grand danger. Un bus arrive. Le panneau derrière le pare-brise indique Santa Rita.

Yolanda, qui était restée près d'un mois au refuge de la frontière pour se remettre des violences subies, m'avait laissé son adresse : *Marches de Santa Rita, département de Yoro*. Ses traumatismes ne l'avaient pas enfermée, au contraire.

Une fille de plus !, ainsi accueillait-elle les nouvelles venues qui passaient leurs têtes sous le drap marquant l'entrée de la chambre des femmes migrantes. Ce qui la terrorisait, ce n'était pas la traversée du désert mais une possible expulsion. Le pire scénario étant de se retrouver face à son mari, ne plus pouvoir être sa femme, qu'il décide de se venger.

De peur d'apprendre son expulsion et de débarquer dans sa vie comme un épouvantail du passé, je n'ai pas cherché à la joindre. Mais là, avec la peur au ventre, je n'hésite pas à composer son numéro.

Sauf que pour joindre quelqu'un au Honduras, il faut d'abord s'annoncer par texto à cause des extorsions. Et comme son numéro est un fixe, je suis sûre qu'on me raccrochera au nez.

Coup de chance, quelqu'un décroche et semble m'écouter :

– OK.

– Yolanda est ici en ce moment ?

– Oui, oui, dit mon interlocutrice avant de marquer une pause.

Je crois que c'est gagné, qu'elle est partie la chercher. Mais non, elle a juste essayé de retenir sa colère :

– Vous lui demanderez pourquoi elle ne donne pas le sien de numéro ! Et au nom de quoi elle se permet de distribuer le mien.

Impossible de discuter, elle a déjà raccroché.

Une dizaine de minutes plus tard, je reçois un texto : Yolanda m'attend à l'arrêt de Santa Rita.

En me voyant arriver, cette belle femme métisse aux yeux bridés et profonds ne sursaute pas mais sourit, s'exclame, me serre dans ses bras. Elle me dit que j'ai de la chance, qu'elle vient de croiser son ex-voisine par hasard, au supermarché. Elle vit désormais à la campagne, mais elle était venue jusqu'à Santa Rita acheter de la mayonnaise pour une amie enceinte.

Nous prenons un autre bus pour aller chez elle. Il est vide, il va falloir attendre qu'il se remplisse. Je me love sur la banquette, heureuse d'être à ses côtés.

Nous restons une bonne heure à l'arrêt avant que ne débarquent les ouvrières des usines de confection.

Les Honduriens les ont surnommées *les usines hirondelles* car, libres d'impôts et de contrats sociaux, elles vont et viennent, rappliquant dans les viviers de misère où elles pourront davantage raboter les salaires. *Les usines hirondelles* ont tendance à s'implanter dans des endroits isolés.

Au refuge de la frontière, Yolanda était une des rares à avouer qu'elle avait été une proie sur sa propre terre. Les plantations bananières qui encerclent les usines, elle les appelait *les motels verts* à cause des viols. Elle avait dit que *la robe de la peur est le meilleur uniforme pour soumettre les ouvrières*, qu'elle aurait bien troqué les douces feuilles de bananiers pour les cannes à sucre effilées comme des lames de rasoir des champs de Veracruz.

Le bus démarre enfin, la lumière du soir caresse les peaux qui restent sans éclat. Elles ne sont pas ridées, mais usées comme des vêtements revendus mille fois. La nuit tombe vite et nous avançons lentement. Une ampoule rouge s'allume et l'autobus se transforme en une boîte, un dancing glauque. À la radio passe une reprise en spanglish de *Stand By Me* :

When the night has come
And the land is dark
Y la luna es la luz que brilla ante mí
Miedo no, no tendré, oh I won't, no me asustaré
Just as long as you stand, stand by me.

Les passagères se recroquevillent sur leur siège et ferment les yeux, s'imaginant dans un utérus plutôt que sur ce skaï poisseux. Des embardées acidulées cherchent à nous transporter sous les cocotiers, le sable crisse sous les pneus, le chauffeur allume puis éteint les phares selon les territoires traversés. Je comprends pourquoi Yolanda n'évoquait jamais la beauté de la nature. Pour elle, les bruits et les odeurs de la nature sont d'abord promesses de sécurité ou annonces de danger.

À un moment donné, l'assistant du chauffeur saute dans la nuit. Il paraît qu'il est parti chercher du renfort, et les renforts arrivent très vite dans un pick-up surmonté d'une cage. Les hommes ne portent pas l'uniforme de policier, ils sont habillés en noir.

Trois heures pour parcourir une quarantaine de kilomètres. Les ouvrières qui ont passé une douzaine d'heures à manier le pistolet pour inscrire une marque sur des vêtements risquent à tout moment de se faire braquer lors des trajets, surtout le 1er ou le 15 du mois, après avoir reçu leur salaire en cash à la sortie des usines.

Le mari de Yolanda me parle de l'isolement des ouvrières comme une tactique *pour les éloigner de leurs syndicats ou de leurs réseaux*. La plupart viennent du sud. Travailler dans une *usine hirondelle* n'est qu'une étape dans le CV d'une femme migrante. Les passeurs leur font miroiter un salaire vingt fois plus élevé aux États-Unis et certaines se lancent dans la traversée du Mexique sans savoir qu'elles ont déjà été vendues, qu'elles seront des *ready to eat* à Atlanta ou à New York, livrées aux clients comme des pizzas.

Yolanda vit dans un village sur pilotis, où étaient logés les travailleurs des compagnies bananières. Après l'ouragan Mitch de 1998, elles ont délaissé le Honduras pour l'Asie.

Son mari s'est battu pour que les travailleurs sur la touche gardent leur logement. Ex-syndicaliste, il est chômeur et non pasteur comme Yolanda l'annonçait aux prêtres qui l'accueillaient pendant sa traversée.

Je me souviens du récit qu'elle faisait de ces dimanches matin où elle grattait le dernier brocoli pour agrémenter la soupe qu'elle servait aux enfants du quartier avant les prêches de son mari :

– Ne vous inquiétez pas, madame, je vous le ramène bien nourri !

Nous sommes assises sur le canapé, Yolanda se tait. Ses fenêtres sont ouvertes sur des feuillages verts et brillants. Lorsqu'un bruissement traverse la pièce puis se retire, je pense à ses récits sur les hautes marées et la pluie de poissons volants du mois de juillet.

Une quarantaine de kilomètres séparent son village sur pilotis de la place principale de San Pedro Sula. Des portraits de femmes assassinées sont accrochés aux arbrisseaux. L'installation me renvoie aux déserts frontaliers, où les sous-vêtements des femmes violées sont accrochés aux arbustes comme des trophées.

*

– Nous petit-déjeunons avec du sang, nous nous couchons avec du sang. Nous avons rompu le pacte avec la vie, elle ne vaut plus rien. Celle des femmes encore moins.

Ce n'est pas un activiste qui a lancé cet appel à la télé, mais un agent de sécurité. Interviewé pour un vol de câble électrique, il avait profité de la caméra braquée sur lui pour briser la censure. Bizarrement l'interview était passée. Je n'avais eu aucun mal à obtenir son numéro.

Contrairement à d'autres activistes qui proposent des rendez-vous dans des endroits isolés, sans garantir qu'ils se présentent, voulant *me voir d'abord*, le gardien m'a donné rendez-vous sur la place principale de San Pedro Sula, une place typique d'Amérique centrale avec des buissons taillés en forme de coq ou d'ourson. Les Honduriens ont la main verte et travaillent souvent aux États-Unis comme jardiniers.

Je tourne autour de la place, rôde autour des portraits sans oser m'arrêter quand soudain le visage du courageux agent de sécurité apparaît sur un portrait avec une légende inscrite au feutre noir : *Tu n'es pas mort en vain compagnon !*

Je me réfugie dans un cybercafé, je veux taper son nom dans un moteur de recherche, savoir ce qui s'est passé. Mais tous les cybercafés autour de la place sont bondés et il faut attendre qu'un ordinateur se libère.

Au loin, la voix cramée d'un vendeur ambulant qui clame être un ancien membre de gang. Dans son discours, il répète plusieurs fois : *Ce qui est supposé être notre pays*. Et c'est vrai qu'entre firmes transnationales, jungle plus narco qu'écolo, îles Vierges réservées aux lunes de miel, il ne reste plus grand-chose aux habitants de ce petit pays.

Les Honduriens renient leur patrie sans grands discours, dans les petites choses du quotidien. Comme les adresses mail qui se terminent par *.ca* comme Canada, le pays en vogue pour immigrer, ou le quart d'heure au cybercafé, équivalent à la promenade du prisonnier. Ceux qui ne peuvent pas se payer une traversée du Mexique à 7 000 dollars se défoulent sur les claviers, je ne suis pas la seule à être au bord du pétage de plombs : de tous les côtés, j'entends monter le son de la course effrénée des doigts sur les touches comme autant de jambes prêtes à se déployer, pour escalader des montagnes, traverser des jungles, sauter sur le train, fuir le Honduras à tout prix, par tous les moyens…

Houston
San Antonio
ÉTATS-UNIS
Rio Bravo
Laredo
MEXIQUE
Brownsville
Golfe
du Mexique
Saltillo - *refuge*
100 km

Ils n'étaient qu'un galop d'essai

> *« Ce qu'ils font aux migrants n'est qu'un galop d'essai... »*
> Père Pedro Pantoja,
> directeur de l'auberge pour migrants de Saltillo

Je suis allée chercher Claudia à la gare routière de San Antonio, au Texas. Elle n'est pas là. Impossible de la joindre, son portable est éteint. Mais qu'est-ce qu'elle fout ? Elle a rendez-vous le lendemain au tribunal et j'ai, dans mon sac, l'enveloppe jaune avec les papiers indispensables à sa demande d'asile.

Marcos, son petit frère, a risqué sa peau pour me les apporter. Je l'ai retrouvé au Honduras chez Norma, son ancienne voisine de San Pedro Sula. Derrière la fenêtre à barreaux d'une chambre exiguë aux parois vert foncé, j'avais guetté son arrivée, à vélo à minuit passé. Les néons accentuaient nos gueules hallucinées : Marcos, visage anguleux, mâchoires serrées, et Norma, scotchée au show d'un pasteur évangéliste. Dans le paquet d'affaires, Marcos a glissé deux mottes de beurre. Il travaillait dans une crémerie le soir après le lycée. Il m'a montré ses paumes, un geste pour souligner qu'il s'attendait à ce que sa grande sœur l'aide un peu. Repartant les mains vides, il avait lâché :

– Mais qu'est-ce qu'elle fout ?

Je patiente dans la salle d'attente de la gare routière de San Antonio. Ma voisine de siège porte un tee-shirt mauve dont le col relâché laisse entrevoir un tatouage de fil barbelé. J'imagine Claudia dans une cellule, sous la lumière artificielle, avec une barquette de nouilles sans sel, la bible et les tongs offertes par les centres pénitenciers. J'essaie de joindre Marcos au Honduras, en vain. Je n'ai pas le portable du fiancé de Claudia, alors je finis par composer le numéro du prof. Chuck Norris me conseille de ne pas rester à San Antonio, surtout la semaine de Pâques. Il m'invite à la passer chez lui, au Mexique.

Pour me rendre à Laredo, la ville frontière où il viendra me chercher, il me donne les coordonnées d'un parking d'où partent les autobus El Conejo. Cette entreprise mexicaine a choisi de s'appeler le *lapin* pour prendre le contre-pied de Greyhound, le *lévrier*, les emblématiques bus américains qui, selon le prof, auraient passé un accord avec les agents de la migra.

Lupin, lévrier… Ces noms me renvoient aux cours du prof. Pendant le trajet, je me récite son bestiaire de la frontière où les hélicoptères sont des *bourdons*, les caméras à vision nocturne des *yeux de chat*, les véhicules de police des *pandas*, les patrouilles des *perroquets*, les militaires des *dragons*, les migrants des *poulets*, les passeurs des *coyotes*, mais aussi des *sauterelles* s'ils ne paient pas l'impôt au cartel…

Le prof est bien là, assis sur une chaise en plastique dans la petite gare routière de Laredo toute pimpante avec ses frises en mosaïque. Il me dit qu'il fait beau et qu'on pourrait aller faire un petit tour sur les berges américaines du Río Grande.

Notre balade tourne à l'exposé magistral. Le prof disserte sur l'herbicide utilisé par les Border Patrols. Il me montre des bouts de corde d'escalade accrochés à une rambarde. Derrière le parking d'un McDo, il me signale l'endroit où le fleuve est le plus étroit : il suffit d'une minute et quarante secondes pour le traverser.

Il revient tout juste d'un repérage côté mexicain où il a croisé des Zetitas, les jeunes recrues des Zetas. Équipés de talkies-walkies, ces gamins contrôlent le flux des passeurs. Parmi eux, le prof a reconnu un ancien élève qu'il avait invité chez lui à dîner pour qu'il s'épanche sur sa rupture, son pauvre petit cœur brisé. Et voilà qu'il le retrouve à parader sur son vélocross comme un jeune coq, un pistolet enfilé dans son pantalon, l'apostrophant :

– Tu vas m'attirer des ennuis, tire-toi !

Le prof n'en peut plus. Le petit coq l'a traité de *forever*. En Amérique latine, *forever* est le surnom donné à une personne qui cultive l'esprit hippie malgré un âge avancé.

Le prof a été touché, sans doute parce qu'il y a quelque chose de vrai. Ses conseils sont un peu datés. Il suggère par exemple aux migrants d'emporter dans le désert une patate crue pour les carbohydrates, alors que des méthamphétamines sont distribuées un peu partout.

Avant de passer côté mexicain, il insiste pour faire un tour dans le plus kitsch des centres commerciaux de Laredo, que les frontaliers surnomment *l'igloo de coton* pour ses allées immaculées, son toit rond et l'air conditionné à fond. Sur le pont, pas de queue ni de gardes-frontières. Alors que nous traversons le centre-ville, un soldat mexicain nous indique qu'il faut rouler les vitres ouvertes et prendre un itinéraire bis.

J'avais cru que l'affluence de frontaliers mexicains venus faire du shopping dans *l'igloo de coton* était liée aux vacances de Pâques, ils attendaient en réalité la fin des affrontements entre les Zetas et le cartel du Golfe. C'est là que je comprends que le prof a traîné dans le centre commercial pour en savourer la paix.

À la sortie de Nuevo Laredo, il se gare sur un parking à côté d'un camion militaire. Il fait nuit noire, il ouvre son coffre, les battements de mon cœur s'accélèrent. Je m'attends à tout sauf à ça : voilà qu'il offre à chaque soldat une canette de Coca.

– Alors les gars, on s'assoit ?

Il sait y faire : les soldats ont le même âge que ses élèves. En plus des cours de survie destinés aux migrants, le prof enseigne le sport à des étudiants en agronomie.

Un jeune soldat jette des comprimés dans sa canette. Il nous informe que le prochain check-point est un faux, que les soi-disant soldats portent des baskets phosphorescentes.

Le prof lui demande des indications sur l'itinéraire bis et c'est là que je comprends qu'il n'a pas perdu son art de décrocher les tuyaux.

Avant de redémarrer, il attrape une vieille cassette. Une compil qu'il m'offrira, avec les titres des chansons écrits au bic. Nous l'écoutons. La première chanson commence par un solo de flûtes de pan :

Do you hear the drums, Fernando?
Do you remember the fateful night when we crossed the Río Bravo?

*

C'est pour se rendre à un concert du groupe suédois Abba qu'il osa tout jeune traverser, pour la première fois, le fleuve à la nage, ce qui lui valut un séjour en prison d'une demi-journée, à Roma, Texas.

À ce souvenir, son visage s'éclaire :

– C'était bon enfant.

Il me raconte aussi le temps où il était l'homme-loup : une étape de clochardise avancée dans l'hiver de Chicago. Pendant notre trajet, il s'arrête sur une aire d'autoroute. Il tient à me montrer un relais abandonné. Lors de ses expéditions pour rencarder les migrants, le prof s'arrêtait chez *son ange gardien*, un serveur avec qui il buvait une bière ou un café avant de reprendre la route.

Vers minuit, il me dépose au refuge où nous nous sommes rencontrés la première fois. Je retrouve la chambre des femmes migrantes : elle est vide, mais le matelas d'appoint près de la porte n'a pas été rangé.

Il avait été attribué à Carmen à cause de sa manie de sortir en pleine nuit pour fumer. Dès qu'elle quittait la chambre, les autres femmes murmuraient : *Celle-là, elle va au casse-pipe*, sans doute parce qu'elle dormait tout habillée et n'avait jamais été vue en train de se laver.

Carmen n'avait personne avec qui échanger, alors, pour occuper son temps, elle avait insisté pour que je lui apprenne le français. Elle notait des phrases dans un cahier qu'elle rangeait sous son matelas.

En le soulevant, je découvre que le cahier est encore là. La plupart des pages sont déchirées mais sur celles qui restent, je lis toujours la même prière : *Que les rêves s'accomplissent ! Sinon Seigneur empêchez-nous de quitter notre foyer. Pour que toute souffrance nous soit épargnée, enchaînez-nous !*

Le lendemain, le guetteur du refuge me rapporte le énième ragot sur Carmen. Elle serait partie avec un sale type, un soi-disant passeur :

– Tu comprends, c'est le genre de femme à qui il suffit de sortir deux ou trois mots d'amour... Ces femmes-là en ont tellement besoin qu'en général elles sont prêtes à suivre l'homme n'importe où, même si le diable en personne les attend à la frontière...

Un commentaire pareil dans la bouche d'un ex-migrant qui a lui-même tant souffert ! Chez les hommes, la misogynie résiste à la lime des expériences les plus extrêmes.

– Cela va faire une quinzaine de jours que ça coince dans l'État de Veracruz, poursuit le guetteur alors que je l'aide à ramasser des débris.

La veille, le refuge a été attaqué. Le guetteur dit que cela arrive au moins une fois par semaine :

– Entre les mardis où les maraîchers nous vendaient leurs légumes au rabais et les mardis de fusillades, il y a un monde, c'est vraiment une autre culture.

Au refuge, tout le monde le sent : nous vivons un basculement.

Je suis tétanisée et je crois que c'est aussi le cas de la dizaine de migrants, restés au refuge faute de pouvoir continuer. Leurs visages sont attentifs, leurs yeux écarquillés comme s'ils manquaient d'oxygène. Il fait très chaud, le feuillage du chêne a brûlé deux mois avant l'arrivée de l'été.

Le chêne est le seul arbre de la cour, c'est là que se tenaient les veillées.

Lors de mon dernier séjour, j'y avais assisté, espérant recueillir des témoignages, mais les migrants préféraient raconter des histoires fantastiques de la traversée comme celle du *loup noir et du loup blanc*, apparu à Alba dans le désert d'Oaxaca. Alba avait un sacré humour, elle mettait tout son cœur dans son histoire, riant et pleurant à la fois.

Angel, un jeune informaticien qui avait prévu de faire sa traversée en solitaire, avait récité le conte du *petit vieux d'antan* qui dessinait des croix sur le sol avec sa machette. Il m'avait donné son numéro. Il était fils unique de parents âgés. J'avais tenté de les appeler, ils m'avaient raccroché au nez.

Autour du chêne, je les revois tous : Angel, Denya, Sonia, Alba… Leurs numéros éteints, leurs mails renvoyés ou restés sans réponse. Où sont-ils à présent ?

Là, maintenant, dans le refuge, les échanges sont secs et forcés. On sent bien que chacun cherche à échapper aux froissements de la nuit, au boucan de la mémoire.

Je me souviens du visage pétrifié de Carmen lorsque je lui ai posé des questions sur sa vie au Salvador : ses yeux semblaient revenir de l'au-delà...

Je me souviens aussi de la première rencontre avec le père Pedro, directeur du refuge. Il avait été visionnaire :

– Ce qu'ils font aux migrants n'est qu'un galop d'essai.

Kidnappings, tortures et extorsions touchent désormais toute la population.

*

Affalé sur un banc, le visage tourné vers le soleil de midi, le prof pioche dans un paquet de chips au sel de mer, son parfum préféré. Le week-end de Pâques est derrière nous. Je lui demande de me raccompagner de l'autre côté de la frontière comme il me l'avait promis.

Au lieu de me répondre directement, il interpelle un de ses élèves. Qui lâche d'un ton nonchalant :

– Ce n'est pas le moment de se mettre sous les sabots d'un cheval.

Le prof renchérit :

– Mes étudiants ne sont pas rentrés chez eux pour les vacances. Ça barde dans les brèches et sur la Riveraine… Il faut attendre un peu !

Les sentiers qui relient les ranchs entre eux sont désignés comme *les brèches*, la Riveraine est la petite route qui borde le Río Bravo. Cette zone est sans cesse disputée par les cartels pour l'acheminement de la drogue et des migrants. Mais quelque chose d'autre tracasse le prof, je le sens…

Un rancher nous rejoint sur le banc. Sa gourmette attire le regard tant elle brille à son poignet. Il la retire pour nous la montrer. Nom et groupe sanguin sont gravés à l'intérieur. Le rancher explique que c'est une gourmette contre la disparition, vu que ce type de métal résiste à l'acide.

Après son départ, le prof finit par m'avouer qu'il ne peut pas prendre le risque de me raccompagner :

– J'ai une fille à élever.

Très sportive, sa fille prend la route seule le week-end pour s'entraîner. Le prof voudrait qu'elle se contente du trajet maison-université. Il attend anxieux ses textos. Avec l'argent mis de côté, il espère l'envoyer poursuivre ses études au Canada.

Dans son lotissement, les voisins qui ont les moyens sont déjà partis. Ils appellent souvent le prof, parfois en pleine nuit, afin qu'il jette un œil sur leurs pavillons désertés. La sonnerie du téléphone le réveille en sursaut. Mais c'est urgent, ils croient avoir reconnu derrière les images floutées d'un reportage leur salon ou leur chambre à coucher envahie par un commando.

Leurs craintes ne sont pas infondées. Dans une maison à l'entrée du lotissement, une descente a bien eu lieu. Le pavillon aurait servi d'entrepôt aux Zetas.

Le cartel terrorise la population, son nom n'est jamais prononcé. Les plus audacieux disent *ceux de la lettre*, les autres se contentent d'un *ils*.

Le lotissement où vit le prof est entouré d'un mur épais et la présence de la sierra Madre orientale qui boutonne l'horizon renforce la sensation d'enfermement. Les sommets de la sierra semblent vibrer dans la lumière transparente du matin. Je rêve de les escalader, de m'évader, mais la seule idée de prendre la route me paralyse.

Une rumeur circule : les Zetas interceptent les bus roulant en direction de la frontière. Ils font descendre les personnes au hasard et organisent, avant de les exécuter, des combats de *gladiateurs* où les victimes s'affrontent à coups de batte et de club. On rapporte aussi que les compagnies routières stockent un grand nombre de valises arrivées à destination sans leurs propriétaires. Chaque jour, je me débine et retarde le moment de prendre ce bus. Faute de me lancer, je fais le tour du lotissement en joggant.

Un matin, je croise une femme qui tient à me signaler une maison suspecte et me conseille de ne plus passer devant. Cette femme, je l'ai déjà croisée, elle vend au porte-à-porte des gâteaux faits maison. Sa présence m'irrite. Je ne peux m'empêcher d'associer son jogging fatigué à la violence maladive qui s'est installée dans cette petite ville. Je me méfie. M'a-t-elle lancé un avertissement pour me fourguer ses gâteaux ? Cherche-t-elle à détourner mon attention ?

À ce moment-là, une voiture fonce droit sur nous. Je cours jusqu'au pavillon du prof. La voiture fait le tour du pâté de maisons et revient. Un type sort la tête. Avec ses lunettes de soleil sur sa casquette et son mouvement de tête, on dirait une tortue ninja. Il cherche quelqu'un.

Réfugiée derrière ma fenêtre à barreaux, je me mets à douter. Et si ce n'était qu'un pauvre type qui, musique à fond, pied sur le champignon, ne cherchait qu'à se défouler après une rude journée ?

– Que voulez-vous, les Mexicains lèvent les gens juste comme ça, pour rien ! s'exclame Rosa.

Rosa, je l'avais déjà croisée lors de mon premier séjour au refuge des migrants. Elle avait réussi sa traversée, mais elle n'avait tenu que quelques mois à Houston. Ses enfants restés au Guatemala lui manquaient :

– J'ai signé mon expulsion volontaire, je suis revenue vivre au Guatemala, mais il n'y avait aucune possibilité pour travailler, alors me revoilà au Mexique.

Rosa le dit en souriant, elle ne manque pas d'humour et parle de son pays comme de celui de *l'éternelle fusillade*. Elle s'est à nouveau séparée de ses trois enfants.

Lorsque, sous le toit en tôle ondulée de la chambre des femmes migrantes, la chaleur devient insupportable, nous tirons nos chaises jusqu'au vieux chêne dépenaillé et nous improvisons une veillée.

Un soir, un monsieur qui porte un coupe-vent bleu se joint à nous. On m'a toujours dit de me méfier des gens qui s'habillent en décalage avec le climat, mais Rosa me le présente comme son amoureux. Ils se sont rencontrés dans un campement sur les rives du Río Bravo.

– C'est un homme bon, il a envoyé de l'argent à mes enfants.

À nos veillées assiste aussi Arturo dont la présence se résume à une silhouette longiligne, un short et un maillot de basketteur de la NBA. Il sourit parfois, mais ne dit jamais rien.

Le seul à provoquer un peu d'effervescence est un adolescent que le prof qualifie de retardé. Sans doute pour sa tendance à tout déballer sans arrière-pensée :

– Ils m'ont envoyé laver les chiens et je me suis enfui…

Le jeune homme n'a plus la force de continuer son chemin, mais il ne peut pas revenir au Honduras : un de ses neuf frères a mal tourné.

Une semaine s'écoule. Le samedi, le prof m'invite à une fête et jure de me raccompagner à la frontière le lendemain. Sa voix est posée, il sourit. A-t-il eu vent d'une accalmie ?

Après deux verres, je me sens plus légère mais, en sortant fumer, quelque chose dans la nuit réactive mon angoisse. Une femme se joint à moi, nous discutons. Elle dit qu'elle vient de l'État de Jalisco. J'ai envie de lui demander s'ils ont la trouille là-bas, mais je n'ose pas. Alors je fais comme si de rien n'était :

j'évoque des vacances passées là-bas en répétant l'appellation *bourg magique* que l'office du tourisme emploie pour désigner les lieux de charme.

Mon interlocutrice me reprend :

– Ces bourgs sont bien magiques, je vous le confirme, il y a plein de gens qui disparaissent…

Elle me parle aussi d'une famille de voisins qui a été exécutée :

– Ils doivent y être pour quelque chose…, dit-elle avant de repartir danser.

C'est toujours comme ça : les gens ne s'ouvrent qu'un instant, balançant leur petite phrase avant de filer.

Ainsi, lors d'un repas de famille, le neveu du prof lâche qu'une fille de sa classe a été *levée* dans la supérette à deux pas du lycée. Ce verbe a beaucoup été employé dans la Ciudad Juárez des années 1990. Être *levé*, c'est être kidnappé sans demande de rançon.

Sur un trajet quotidien, en allant bosser, il suffit d'enclencher un clignotant au mauvais moment ou de croiser le regard d'un conducteur de 4 × 4 dernier modèle. Sur Twitter, des citoyens témoignent, s'entraident et inventent un nouveau code de la route.

Je me décide enfin à monter dans ce bus pour la frontière.

Les passagers ont tiré les rideaux. À un moment, le bus se gare sur le bas-côté. Des hommes montent, on dirait des militaires. Ils sont masqués et dévisagent un à un les passagers. À la fin, ils n'en font descendre aucun. Ils ne demandent pas non plus de papiers. Tout semble se jouer à l'avant, avec le chauffeur.

Une passagère, portable à l'oreille, parle à voix basse. Elle demande si les enfants sont bien rentrés. La conversation a l'air banale, mais j'entends le mot *fusillade* et me revient une vidéo visionnée sur YouTube.

Une assistante maternelle de Monterrey, la métropole industrielle que notre autocar est en train de contourner, filme avec son téléphone portable la verrière de sa salle de classe tremblant sous les rafales. Un petit se dirige droit vers la verrière, attiré par les crépitements d'armes automatiques. L'assistante maternelle le rappelle. L'enfant hésite, puis revient. *Personne ne relève sa petite tête ! On va chanter*… Allongés par terre, alors que la fusillade se rapproche, les petits entonnent : *Et si les gouttelettes de pluie étaient en chocolat*…

La douane enfin franchie, le duty free avec son comptoir à expresso annonce un monde où les battements de cœur sont liés au charme d'un acteur. Dans un kiosque, entre les best-sellers d'Isabel Allende et de Paulo Coelho, je tombe sur un livre aux allures de fascicule paroissial. Il est intitulé *Apprendre à faire le deuil d'un proche disparu ou kidnappé.*

Me voici du bon côté de la frontière !

La lumière brillante donne l'impression de se retrouver dans une bulle d'éther. Les oiseaux font un vacarme assourdissant. Sur les berges américaines du Río Grande, un panneau indique un sanctuaire avec des espèces rares comme le pigeon auburn et le moineau à la gorge noire. Le fleuve me file la nausée, il semble ne prendre aucun élan. Dans quelques kilomètres, il se jette pourtant dans le golfe du Mexique.

*

Brownsville, la dernière ville de ces plus de 3 000 kilomètres de frontière, est une ville pépère. Ce n'est pas San Diego, la ville de l'autre extrémité avec son élan californien, ses surfeurs bravant les rouleaux du Pacifique.

Depuis la digue, je vois très bien le linge qui sèche sur les toits de Matamoros, la ville jumelle au Mexique. Il suffirait d'un poil de vent pour que ces draps deviennent des drapeaux blancs.

La couverture médiatique s'est concentrée à l'ouest, là où la société civile est mieux organisée face aux cartels traditionnels qui portent le nom de leur État : Tijuana, Juárez, Sinaloa... À l'est, les cartels sont morcelés. En témoignent les photographies de leurs bannières postées sur Twitter : elles sont signées Shayla, les dragons, le groupe Lacoste, les tracteurs.

Ces factions se lancent des défis, mettant à feu et à sang ces petites villes de l'est. Dans le centre de Brownsville, les clients du Café des anges parlent à voix basse, d'un ton exalté, voire indigné :

– La situation est brûlante, urgente. Pourquoi les médias nous bassinent-ils encore avec ce massacre de San Fernando ? Ce n'est qu'un trou dans un seau !

Un autre lance la question qui stresse les frontaliers : la violence mexicaine est-elle en train de déborder du côté texan ?

– Moi je la sens monter. Croyez-moi, la menace que représentent ces narcotrafiquants relègue les gars d'al-Qaida au rang de boy-scouts...

Un homme parle de l'art de réparer les barrières sans risquer de se faire attaquer par-derrière :

– Je fais confiance aux oiseaux. S'ils s'arrêtent de chanter, c'est que le danger est là, imminent.

Chaque rancher y va de son petit conte sécuritaire. Ils ont beau habiter du bon côté de la frontière, ils ne se sentent pas protégés. J'imagine leur détresse au moment d'éteindre la lampe de chevet, leurs corps recroquevillés sous les draps.

À Brownsville, la grand-rue aboutit sur le pont-frontière. En contrebas et de profil, on dirait une rampe de lancement.

*

La psychose me poursuit de l'autre côté de l'océan. Une nuit, le téléphone sonne et ma main tremble en décrochant.

– Ça y est je suis passé !

Je ne reconnais pas la voix. Oscar ?…

– Quand je l'ai serré dans mes bras, il était plein d'épines de cactus, aïe ! Pour les retirer à la pince à épiler, il me faudra au moins un mois.

Alexus, la compagne d'Oscar, est allée le chercher elle-même dans le désert, juste équipée d'un GPS. Elle raconte son aventure à toute vitesse, sa voix surexcitée me fait l'effet d'un feu de Bengale dans la nuit.

*

Le prof a pris le premier avion pour Paris. Il ne m'a pas prévenue, juste textoté : *Je suis au terminal 2F.*

Et sa valise ? Non, le prof n'en a pas. Il n'a qu'un petit panier rouge vif qui me fait l'effet d'un soleil fluo dans la grisaille. Il en sort un tee-shirt qu'il m'offre en s'excusant de ne pas avoir eu le temps de l'emballer :

– J'ai dû traverser le centre-ville à toute allure pour vider mon compte en banque…

Cette phrase, il me la répète plusieurs fois comme un souvenir qui ne passe pas…

Le tee-shirt reproduit la mythique couverture d'*Abbey Road*, sauf que ce ne sont plus les Beatles qui traversent le passage clouté mais des cow-boys.

Mon accueil est froid, c'est bien lui qui m'a lâchée à la frontière ? Je lui laisse le studio. Il y cuvera sa déprime. Après tout, il a la priorité, il vit en enfer et a sans doute été menacé.

À part une visite au Père-Lachaise pour se recueillir devant la tombe de Jim Morrison, le prof ne sort pas. Il attend la tombée de la nuit pour une promenade sur les quais, histoire de voir la tour Eiffel scintiller. Je l'accompagne. Il est 22 heures, pas grand monde sur les quais, mais on entend au loin des cliquètements. Je me dis que ce sont les haubans.

Le cliquètement s'intensifie et voilà que déboulent des jeunes gens, les flics à leurs trousses. La scène me semble irréelle. J'ai à peine le temps d'entrevoir les cercles en ferraille qui servent de présentoirs, les porte-clés tour Eiffel qui s'entrechoquent.

Le prof me dit qu'il a remarqué que les coups de filet ont lieu à heure fixe, dix minutes après que la tour Eiffel s'est arrêtée de scintiller. Il a aussi analysé la façon de courir de ces vendeurs sans doute sans papiers. Elle lui rappelle *les courses bonsaï* des migrants qui traversaient la frontière à Tijuana dans les années 1980. Il me dit que *les courses bonsaï* sont efficaces dans les grands espaces, mais qu'il est absurde de zigzaguer comme ça sur des trottoirs.

Voilà *forever* reparti pour une nouvelle promenade-exposé. Je ne l'écoute plus. Ne voit-il pas que le monde a basculé ?

Le lendemain, en marchant seule sur les quais, une joggeuse déboule. Baskets, queue-de-cheval… et vlan… Mon esprit part en vadrouille sur les berges du Río Bravo, où une femme qui court ne jogge pas. L’enfer lui lèche les pieds, elle court pour empêcher l’espoir de s’évanouir, pour garder cet espoir fou que quelqu’un la voit en train de se faire embarquer.

Mais non, ici les silhouettes en imper cintré avancent comme si la terre était un tapis rouge déroulé sous leurs pieds.

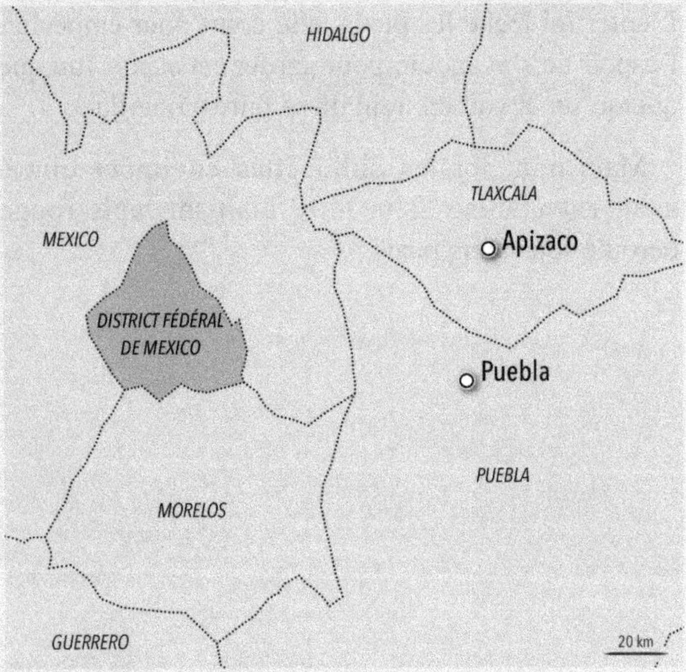
HIDALGO
TLAXCALA
MEXICO
Apizaco
DISTRICT FÉDÉRAL
DE MEXICO
Puebla
PUEBLA
MORELOS
GUERRERO
20 km

Comme si rien ne s'était passé...

« Une assistante maternelle disparaît le vendredi en sortant du boulot et rien ! Comme si rien ne s'était passé... »

Anonyme

La caravane des mères de disparus venues des quatre coins d'Amérique centrale est en retard sur le programme. Je l'ai rejointe en cours de route, préférant sauter les étapes du nord-est.

Nous sortons de l'autocar alors que la nuit est déjà tombée. Les Centraméricaines étalent les portraits de leurs proches sur le trottoir. Une lampe de poche est mise à disposition des passants, mais personne ne vient. Une femme qui tient un enfant par la main semble hésiter et puis non, elle déguerpit.

La seule passante à s'arrêter porte un protège-bouche comme pour souligner que le silence est la condition nécessaire pour regarder les visages des disparus.

La caravane a traversé une dizaine d'États. Manifester est devenu une routine, mais cette fois il se passe quelque chose. De cette passante émane une intensité comme si… Comme si… Et puis non, rien.

L'heure tourne, un organisateur demande de ramasser les portraits. On nous attend au refuge des migrants.

Nous marchons en file indienne dans la nuit. Une mère murmure que cette étape est très dure, que les poteaux que nous contournons ont été placés exprès de chaque côté de la voie ferrée pour empêcher les migrants de monter et de descendre des convois.

Deux patrouilles de policiers sont à disposition de la caravane depuis l'entrée dans l'État de Tlaxcala au centre du Mexique. À cause de sa position stratégique, ce minuscule État est le fief des mafias de la traite.

Le refuge a l'air d'un pénitencier avec ses hauts murs en béton nu, sa cour en terre battue. On nous accueille avec du café. Pas le temps d'en boire une gorgée que l'on m'arrache déjà le gobelet. Je m'y accroche, non pour le café mais à cause du gobelet, un gobelet d'anniversaire en carton rose avec des ballons en train de s'envoler…

L'autocar nous attend, moteur allumé. Il redémarre aussitôt alors que cinq sièges sont restés vides. Des policiers auraient tenté d'embarquer des mères de disparus qui marchaient à la traîne du cortège. Les mafias nous ont à l'œil. Elles ont acheté les policiers, qui attendent juste le bon moment pour nous serrer.

– Dans cette caravane, c'est chacun pour soi et gare à qui donnera nos noms, nous textote l'un des organisateurs en fuite.

La femme assise devant moi tire son rideau. À cause du gyrophare ? Son intermittence bleue souligne le double jeu des flics véreux, mais ce sont plutôt les reflets de la lune qui l'insupportent :

– Ce spectre, cet astre maléfique…

Derrière la vitre, j'aperçois une pleine lune voilée comme le sont les lunes du mois d'octobre au Mexique.

Une pince à cheveux dépasse d'un siège comme un papillon près de s'envoler. Elle a appartenu à Clementina, une jeune fille disparue. De cet objet de douleur, Maria Eugenia, sa mère, a fait un talisman qui l'accompagne dans son odyssée.

La veille, sous les arcades d'une petite ville coloniale, elle m'a raconté son histoire. Dès qu'elle a su qu'un réseau de traite était derrière le kidnapping de sa fille, Maria Eugenia a vendu sa maison pour financer ses recherches.

Elle avait une jolie maison entourée de champs de canne à sucre dans le sud du Nicaragua. Elle me l'a décrite avec nostalgie, regrettant de l'avoir mal vendue. Dix ans se sont écoulés sans nouvelles de sa fille Clementina.

Cette femme de 38 ans aux grands yeux verts connaît par cœur l'itinéraire de la caravane, elle l'a déjà parcouru en stop et en solitaire.

Nous débarquons dans la petite ville où nous passerons la nuit. La religieuse chargée de nous ouvrir la salle paroissiale nous montre un pick-up stationné devant la porte et nous dit que les jeunes gars assis à l'arrière avec leurs packs de bière sont des apprentis kidnappeurs :

– Ils ont coupé leur premier doigt, leur première langue.

Est-ce son ton si dégagé ? La douceur de sa voix ? Personne ne semble relever. Enveloppés dans une musique qui évoque la chaleur des corps en train de danser, les apprentis kidnappeurs n'ont pas l'air d'avoir remarqué notre procession de corps engourdis.

La salle paroissiale où nous passons la nuit est glaciale. Dès que les lumières s'éteignent, la musique qui nous arrive du dehors se déforme en quelque chose de monstrueux. Je me réveille plusieurs fois en entendant des phrases percer le magma de la fête :

– Oink, oink ! Devant le prince des ténèbres, ils vont pleurer comme des porcinets menés à l'abattoir… Ah, ah ah, ces petits pédés ! Les ténèbres les recouvriront…

Ils ont l'air de plus en plus nombreux à squatter devant la porte.

Leurs voix semblent si proches que j'ai l'impression qu'ils viennent d'entrer. Je ressens une terreur paralysante comme si je n'étais pas enroulée dans un sac de couchage, mais dans un sac-poubelle jeté à l'arrière d'un pick-up qui file dans la nuit.

Le premier étage d'un restau chinois a été mis à notre disposition pour le petit déjeuner. À ma droite s'est assis un policier, occupé à se resservir du café. Silencieux pendant toute la durée du petit déjeuner, il dévore des petits pâtés vert fluo.

À une autre table sont assis des hommes en costard. Parmi eux, une femme en tailleur se lève pour inviter la grande tablée de mères de disparus à finir le petit déjeuner par une séance de méditation.

J'en profite pour m'éclipser, mais renonce aussitôt à la pause cigarette en voyant devant le restau une femme se faire empoigner. Un type en blouson lui a arraché son appareil photo. Elle se débat et crie :

– Vous travaillez pour ce salaud de don Pablo ? Où sont les mères de disparus ? Vous nous avez boycotté la caravane !

Après une demi-heure de route, nous sommes enfin libres. La patrouille censée nous escorter s'arrête sur la bande d'arrêt d'urgence. Les policiers descendent pour nous faire un petit signe de la main.

C'est sans escorte que nous quittons Tlaxcala pour entrer dans l'État de Puebla.

*

En cette veille de week-end de la Toussaint, le temps s'annonce splendide, le paysage semble léviter sous la lumière du matin. Une heure encore et nous arrivons à Puebla, capitale de la gastronomie. Les plats typiques comme le *mole*, une sauce au chocolat mêlée à mille épices, défilent sur les panneaux publicitaires.

Sur un panneau, le *mole* est présenté dans des jolis plats en terre cuite. Dans l'autocar, les mères de disparus connaissent son sens barbare : *mole* désigne aussi les cadavres qui n'ont pas été dissous jusqu'au bout.

Après la découverte de restes d'animaux dans les cercueils de migrants massacrés à San Fernando, une association de médecins légistes argentins est venue en aide aux mères de disparus. Mais les cadavres dissous, parfois impossibles à identifier, ont fait vaciller l'espoir *d'au moins rapporter un petit tas d'os à enterrer*.

Aborder la place principale de Puebla, c'est monter dans un manège enchanté tant la constellation de sons étourdit : crécelles du vendeur de ballons, fanfare, crissements des tricycles, carillons du marchand de glaces… Un sifflement de micro mal réglé m'attire vers l'estrade où Maria Eugenia témoigne.

Sa voix éteinte porte un discours fort : alors que la plupart des mères de disparus évitent de prononcer le mot *bordel*, Maria Eugenia annonce d'emblée que leurs filles n'ont pas disparu mais sont *occupées*.

Pour retrouver sa fille Clementina, elle a poussé son enquête au-delà des portes des bordels de la route migratoire. Elle a été démasquée et s'est retrouvée un pistolet sur la tempe, mais elle a gardé son sang-froid. Regardant le tueur à gages droit dans les yeux, elle a souri. Comme ça, pour rien. Elle a souri et son sourire aussi puissant qu'une étoile dans un ciel éteint l'a sauvée.

– Ses épreuves l'ont endurcie mais elle n'a pas perdu sa tendresse. Cette femme est aussi héroïque que le Che…, dit la seule personne à s'être approchée pour l'écouter.

Coupe courte, boucles d'oreilles en pâte à sel, la femme au profil d'activiste sort de son sac en tissu le journal d'un syndicat paysan auquel elle collabore. Elle compte écrire un portrait de Maria Eugenia et voudrait savoir si cette courageuse Nicaraguayenne en jean et santiags a participé à la révolution sandiniste.

Au lieu de l'interviewer, elle semble partie pour des heures de souvenirs exaltés. Maria Eugenia l'interrompt : elle vient de surprendre un type qui, perché sur un toit, les prend en photo.

Face aux espions, la consigne est de riposter par une contre-photo. Maria Eugenia sort son portable. Le petit monsieur bedonnant bat en retraite. C'est tellement absurde, on dirait une bonne blague. Mais l'incident est sérieux.

Maria Eugenia abandonne la caravane à la prochaine étape. Elle craint pour la sécurité de sa cadette restée au Nicaragua.

*

À chaque étape son mode de surveillance.

À Tlaxcala, la police navigue entre protection et intimidation.

À Puebla, des hommes dégainent leur portable depuis les toits.

Dans la banlieue de Mexico, nous nous retrouvons face aux yeux vitreux d'un gamin. Il vend des têtes de mort en sucre, friandises que les familles offrent aux défunts le jour de la Toussaint. Sur le carton retourné qui lui sert de présentoir, il effectue un comptage en marquant des croix avec un bout de craie.

Il a du boulot : les Centraméricaines ont été rejointes par un contingent de Mexicaines dont les filles adolescentes ont disparu au même endroit que leurs consœurs migrantes. Il s'agit du nœud ferroviaire de Lechería où les trains de marchandises croisent ceux de banlieue.

Les Mexicaines nous ont rejointes avec des brassées de fleurs orange, des *cempasúchiles*, une fleur solaire dont le pigment des pétales a la propriété de stocker la chaleur ambiante. C'est cette chaleur qui guide les âmes errantes jusqu'à leur foyer.

La tradition veut qu'à la Toussaint on répande les pétales de *cempasúchiles* sur le pas des portes. Mais les mères de disparus détournent la tradition et essaiment leurs pétales sur les ponts routiers, le long de la voie ferrée…

Depuis *la guerre contre la drogue*, la fête des Morts a glissé de la commémoration à la revendication. Les familles des victimes l'ont surnommée *notre fête nationale* et organisent ce jour-là des manifestations pour rappeler que ce sont désormais les parents qui enterrent leurs enfants, que beaucoup d'entre eux restent dans l'impossibilité de faire leur deuil faute de savoir s'ils sont morts ou vivants.

Alors que les Centraméricaines se recueillent pour l'âme de leurs filles, qu'elle soit *dans son enveloppe de chair ou transparente dans les airs*, les Mexicaines crient des slogans :

Mexicaines ou Centraméricaines
Ouvrières ou migrantes
En couple ou mères célibataires
Prostituées puis assassinées
PRÉSENTES !

Pendant la caravane, je me suis habituée aux accents doux des femmes d'Amérique centrale. Les voix gutturales des Mexicaines me surprennent. Elles hurlent dans leur mégaphone des verbes qui fendent la gorge, comme *rajar*.

Rajar ne signifie pas « être en rage », mais « fendre ».

Le verbe s'emploie pour décrire la terre qui s'ouvre sous l'effet de la sécheresse. Au Mexique, il exprime la lâcheté. Les proches de disparus ne sont pas surpris par l'indifférence des autorités, mais par la lâcheté de leur entourage.

Les habitants de la banlieue de Mexico où vit la mère de Diana lui tournent le dos. Ils taguent ou arrachent ses avis de recherche. Du coup, elle se voit obligée de les distribuer en main propre :

Diana Castañeda Fuentes, 14 ans, a disparu sur le pont Texcoco-Lechería, le 7 septembre 2013 autour de 16 h 30. Mexicains, réveillez-vous ! Huit adolescentes ont déjà disparu sur ce pont.

N.B. : Ne jetez pas cet avis, cela pourrait arriver à vos enfants…

Sur l'avis de recherche, Diana a des iris mordorés, l'ovale de son visage est mis en valeur par une coiffure courte, dégradée, ses traits sont délicats, sa constitution menue. Sa mère affirme que les autres adolescentes disparues dans les environs ont les mêmes caractéristiques physiques. Mais elle a beau lancer des alertes dans le quartier, les rares personnes qui lui adressent encore la parole lui disent de *se calmer*.

Alors que nous traversons le pont routier où sa fille a été vue pour la dernière fois, la mère de Diana s'empare du mégaphone et crie :

– Pas besoin de traverser une frontière pour risquer sa vie ! Ils me l'ont kidnappée à 200 mètres de chez moi ! Et ces putains de flics qui continuent de me dire qu'elle reviendra ! Qu'elle est partie à Acapulco avec son petit ami !

*

Un matin, devant un petit noir, un voisin me raconte avec nostalgie les nuits où il prenait la route sur un coup de tête pour voir le soleil se lever derrière les falaises d'Acapulco. Par peur, il a arrêté les virées improvisées. Un faux barrage routier, se trouver au mauvais endroit au mauvais moment, être dans le collimateur de quelqu'un : n'importe qui peut être victime de n'importe qui.

Depuis que j'ai quitté la caravane, je ressens ma fragilité à chaque pas. Je pense souvent à Maria Eugenia qui m'avait dit que, les jours sans, elle poussait des cris dès qu'un passant esquissait un pas de trop ou un geste brusque. Mieux valait expulser la peur et avoir un peu honte plutôt que l'intérioriser et se détruire la santé…

Des bruits de pas proviennent du toit, mais je ne me vois pas monter là-haut et crier. D'autant que mon voisin vient de me dire que le type qui fait les cent pas sur le toit est un policier.

Ce dernier finit par débouler chez moi en pleine nuit, sous prétexte de formulaires à remplir d'urgence pour *des raisons de sécurité*. Le voilà qui griffonne sur un bout de papier son numéro de portable au cas où… Mais c'est lui, le danger. Il porte l'uniforme de la police municipale, la plus corrompue des corporations judiciaires. Un autre me contacte via les réseaux sociaux avec des demandes *d'amitié*. Je n'y comprends rien. Je demande à un activiste si ce genre d'intimidations touche d'autres membres de la caravane, il me répond que c'est normal, qu'ils vérifient leurs fiches et qu'ils n'iront pas plus loin.

Pourtant, les nuits suivantes, mon portable se met à vibrer, se succèdent des numéros masqués. Pendant la journée, des croassements me bouffent le cerveau. Et puis il y a le parquet : ces lattes fracassées à cause d'anciens tremblements de terre. Il suffit de faire un pas et l'on croirait entendre vingt flics en train de monter les escaliers.

Réfugiée chez un ami, je bois un café sur un balcon en pierre de taille qui donne sur la petite place immortalisée dans le film de Buñuel *Los Olvidados*. L'arôme du café flotte encore dans la cuisine, le chien roupille près des fourneaux. C'est un chien sans poils, de la race mythique des xoloitzcuintles, des chiens qui accompagnaient les morts dans l'inframonde à l'époque aztèque.

En fait, le chien ne dort pas vraiment. Il pousse des gémissements, ses oreilles sont vaguement dressées et dès que son maître claque la porte d'entrée, il se lève d'un bond et se met à hurler. Ayant peut-être détecté la pellicule de trouille sur ma peau, il devient fou et tente de défoncer la porte de la chambre où je me suis barricadée.

Appelé à la rescousse, le maître prend la défense de son chien : il m'explique que d'habitude, avant de quitter l'appartement, il allume la radio. Mais cette fois, à cause de ma présence, il n'a pas jugé utile de le faire. Du coup, le clébard a entendu la porte claquer sans la radio et ça l'a traumatisé.

Dans le métro, je suis encore rouge de colère et de honte aussi. J'ai honte, d'accord, mais de quoi ? Le chien était effrayant avec son corps de rat et une gueule de lama surmontée de quelques touffes de poils teintes en bleu, un caprice de son maître qui a suivi la mode des poussins dont le duvet est teint de toutes les couleurs avant d'être vendus comme des confettis vivants pour les goûters d'anniversaire…

Si j'avais été moins névrosée, j'aurais vu ce chien comme une de ces créatures fantastiques qui peuplent les tableaux de Leonora Carrington, cette peintre anglaise qui vient de s'éteindre à Mexico à l'âge de 94 ans.

Dernier témoin d'une époque où le Mexique accueillait les exilés de la Seconde Guerre mondiale, Leonora Carrington fréquenta le cercle des surréalistes parisiens à l'âge de 20 ans et combattait la mélancolie en introduisant des petits jeux dans son quotidien : glisser un coquillage dans le creux de la main d'un contrôleur, écrire des lettres démentes à des psys piochés dans l'annuaire, se rendre nue à des dîners, le corps enduit de moutarde…

Pour combattre la trouille qui me colle à la peau depuis la caravane, un peu de moutarde me ferait du bien, les migrants utilisent bien le chili pour égarer la truffe des chiens de la migra.

*

Dans l'espoir de renflouer les caisses de son couvent, au sud de Mexico, sœur Socorro a loué le cloître pour un grand bal d'Halloween. J'ai un sursaut en découvrant des doigts semi-enterrés dans les jardinières, mais je réalise que ce sont les traces de la fête. L'initiative de sœur Socorro a déplu à ses consœurs. N'aggrave-t-elle pas son cas en m'hébergeant dans la chambre réservée aux prêtres ?

La religieuse hausse les épaules et sourit. Elle n'a pas perdu sa tendresse, malgré une vie de guerrière. Franciscaine, sœur Socorro a passé ses plus belles années auprès des Indiens du Chiapas, mais son engagement au sein du mouvement zapatiste a dérangé ses supérieurs qui l'ont mutée dans le nord. Son activisme auprès des migrants lui vaut aujourd'hui d'être placardisée à la compta de ce couvent.

Je lui repose la question : ne va-t-elle pas aggraver son cas ?

Elle sourit à nouveau, dit que les prêtres ne viennent jamais. Et ça se sent : cette pièce, qui pourrait être un atelier avec sa grande verrière, dégage l'humidité caractéristique des endroits abandonnés. Grelottant sous une couverture trop légère, je lis des tweets.

Il suffit de taper #fusillades pour voir s'écrire en direct l'histoire de *cette guerre contre la drogue* : les héroïnes sont les *tuiteras*, héritières des femmes soldats de la révolution mexicaine.

Sur une photo, j'en repère une assise dans un rayon de supermarché. Elle pianote sur son smartphone alors que deux hommes attendent à plat ventre que la fusillade se tasse. Je tombe aussi sur la photo de deux jeunes femmes pendues à la rambarde d'un pont routier. *Ramasse ta poubelle !* lit-on sur une bannière signée cartel du Golfe. Les deux jeunes femmes sont accusées d'espionnage pour le compte des Zetas.

La photo est de mauvaise qualité mais je l'examine avec attention. Visages floutés, jeans-tee-shirts-baskets. Rien pour les sortir de l'anonymat. Ni numéro de téléphone inscrit dans le sable comme les migrants dans le désert, ni lobes percés d'anneaux d'or, coutume hondurienne pour pouvoir payer son enterrement, ni gourmettes contre la disparition.

Ces deux jeunes femmes sont des *ninis*, un surnom censé englober les moins de 20 ans qui n'ont ni éducation ni travail. *Des jeunes gens qui ne font rien, qui perdent leur temps...*, entend-on souvent. C'est sur eux que se déversent toutes les saloperies de *la guerre contre la drogue*.

Je passe mes journées collées à mon écran, ignorant le magnifique jardin derrière la verrière. Il m'apparaît un peu flou, comme une fresque de Monet. Les grands bassins qui miroitent sous la lumière de midi m'écœurent. J'imagine une eau stagnante comme celle des abreuvoirs qui avaient empoisonné Oscar pendant sa traversée du désert.

Il me donne parfois des nouvelles via la messagerie, me racontant des petites choses de son quotidien comme la fois où il a cuisiné des pâtes pour sa belle-mère, un geste de pardon envers celle qui avait dit au moment de son expulsion que c'était une *bénédiction.* « Sans papiers récidiviste » pour l'État du Texas, Oscar risque dix ans de prison. Il vit enfermé chez lui, sans pouvoir travailler.

Du coup, c'est lui qui s'occupe des enfants. Il m'envoie la photo de son fils assis sur un petit tapis en train de jouer. Il insiste sur le jouet, un Pinocchio en bois qu'il a offert à Jacob pour ses 2 ans. Deux ans ! L'annonce de sa naissance, je m'en souviens comme si c'était hier : nous étions assis autour de la grande table du refuge de la frontière.

Deux ans se sont écoulés et malgré les milliers de kilomètres parcourus, c'est comme si j'étais restée là-bas… Me revient une remarque de la journaliste mexicaine Elena Poniatowska. En couvrant le tremblement de terre de 1985 à Mexico, elle s'était paralysée graduellement au point de ne plus parvenir à s'extraire des décombres. Elle avait fini par réagir en s'apercevant que les victimes avaient déjà reconstruit leur maison.

Claudia aussi me donne des nouvelles. Elle qui skypait toujours allongée ou avachie vit sa grossesse debout en robe d'été. Sa demande d'asile est en suspens, mais elle vit au présent :

– Tu ne peux pas savoir la joie que c'est de porter un être vivant ! me dit-elle en direct de Miami où elle s'est installée avec Manuel.

Ils attendent une fille que Claudia voulait appeler Ashley, mais Manuel a préféré un prénom en « a » pour qu'elle n'oublie pas ses racines latines. Ils l'appelleront *Camila*. À l'annonce de la naissance de ce bébé qui porte le même prénom que moi, je sens mon cœur se réchauffer même si à Mexico l'hiver approche et que je suis déjà prête à hiberner, planquée au couvent.

*

Chaque soir, sœur Lucia, ma voisine de chambre, me glisse une tasse chaude entre les mains. Je me love derrière la verrière pour boire la tisane aux plantes du jardin alors qu'à l'extérieur ça se shoote à l'adrénaline et ça se braque à tout-va.

Et pas qu'à l'extérieur. Un dimanche, dans la chapelle du couvent, une fidèle venue assister à la messe en profite pour braquer la religieuse qui vend des chapelets et des images pieuses. Une vieille femme de 80 ans traînée dans le cloître avec un pistolet sur la tempe pour une recette de 10 euros, c'est le Mexique entier qui devrait être enfermé !

Très vite, la tisane-thérapie s'interrompt, sœur Lucia est restée à peine une semaine alors qu'elle était censée reprendre des forces. Je tente d'imaginer cette frêle octogénaire affronter la violence d'une narcoville avec son seul casque de cheveux blancs… Elle qui s'éclipsait d'habitude sans un mot a quitté ma chambre le dernier soir en lançant d'une voix forte :

– Nous ne sommes pas dans un désert ici. Nous sommes des êtres humains.

Cette phrase ressurgit dans mon esprit quelques mois plus tard lors d'un tremblement de terre. À 2 heures du matin, mon immeuble se met à tanguer. J'entends des pas précipités dans les escaliers, des alarmes de voiture et des portes qui claquent toutes seules. *Nous ne sommes pas dans un désert, nous sommes des êtres humains*. Tu parles !

Je m'endors en colère et me réveille en bouillonnant. Si je n'ai pas la foi, je ne suis pas anticléricale non plus. Le vieux crucifix qui a été coincé entre les robinets de la douche me gêne. Mes deux colocataires, décoratrices d'intérieur, ont sans doute voulu tester une nouvelle idée.

Pourquoi coincer un crucifix entre deux robinets ? Pour se dandiner à poil devant ? Qu'évoque-t-il pour elles ? La Pologne catho où Natalia a vu le jour ? La province tropicale pleine de rites et de superstitions où étouffait Maritza ?

Ou est-ce simplement pour souligner que la salle de bains – avec ses gros pots de crème ouverts, un parfum d'herbe coupée, tonique et printanier, des vitraux Art déco qui filtrent la lumière si bien que des petits oiseaux verts dansent sur les peaux mouillées – est leur sanctuaire ?

Maritza et Natalia me rejoignent dans la salle de bains, l'une en nuisette, l'autre en kimono. Elles se racontent leur soirée de la veille. Je parle du tremblement de terre, mais non, elles ne l'ont pas senti, elles étaient en boîte.

– J'adorrre les trremblements de terrrre, dit Natalia.

Et ça ne m'étonne pas. Leur vie est un tourbillon, habiter avec elles c'est se retrouver dans l'un de ces films légers des années 1940 qui se déroulent à huis clos, dans des intérieurs raffinés avec des téléphones blancs qui n'arrêtent pas de sonner.

*

À l'approche de l'hiver, la vallée de Mexico se retrouve sous un couvercle de pollution. Dès le matin on peut avoir des maux de tête très violents, se sentir crevé, au bord de l'évanouissement.

Un jour dans le métro, je vois émerger d'une chevelure une petite bulle. Je crois avoir mal vu. Mais non, d'autres chevelures laissent entrevoir d'autres petites bulles. Des têtes d'aiguille ? Oui. Assise sur un strapontin, une femme a enroulé sa frange dans un bigoudi, essayant de sauver sa coiffure de la moiteur ambiante… Aux heures de pointe, le wagon réservé aux femmes devient une annexe de salle de bains.

Impossible d'ignorer l'odeur qui pénètre à l'intérieur.

Une odeur d'œuf pourri mélangée à celle de la sueur synthétique me renvoie à un souvenir parisien. Un marabout avait recommandé à une amie un *acte de douleur brut* pour sortir de la dépression. Il fallait que les ingrédients qu'il avait énumérés : tomates, œufs… soient jetés à un carrefour avec toute la rage du monde. Alors que mon amie s'exécutait, je faisais le guet. De dos, je ne voyais pas ce qu'elle faisait, j'avais juste senti l'odeur monter, identique à celle qui circule aujourd'hui dans cette rame de métro.

Le monstre – ainsi est désignée la métropole de Mexico – n'est sauvé que par ses coups de patte poétiques. Comme les bulles de verre émergeant des chevelures annonçant l'hiver. Ou la mangue que m'offre Berta, la gareuse de voitures de la rue Chihuahua.

Une étrange atmosphère se dégage de la rue Chihuahua à cause du grand vide qu'a laissé un immeuble écroulé et jamais reconstruit depuis le tremblement de terre de 1985. Ce vide échappe encore à la spéculation immobilière de ce quartier branché. Berta y a construit une maisonnette où elle vit avec sa meute de chiens.

Juste en face, dans une petite maison blanche, habitait l'artiste anglaise Leonora Carrington. Alors que nous dégustons nos mangues assises sur un vieux tronc, le visage tourné vers le soleil d'hiver, Berta me parle des sculptures qu'elle a entrevues alors qu'elles étaient embarquées dans des camions de déménagement.

Plus que la description, je retiens l'émotion avec laquelle elle raconte la découverte de ces créatures à crinière à mesure qu'elles sortaient de la petite maison blanche. À l'entendre, on croirait que c'est la maison qui les accouchait.

*

L'une de mes colocataires étant polyamoureuse, à chaque fois que quelqu'un sonne, je m'attends à voir l'un de ses rendez-vous débarquer. Mais à travers le judas, j'aperçois un petit homme vêtu de blanc coiffé d'un panama. Je reconnais l'ami au chien fou. D'habitude, il s'habille en treillis, mais ce n'est pas sa tenue qui me donne l'impression d'être face à un étranger, c'est son regard. On dirait que ses iris ont dégringolé au fond d'un puits.

Il me parle d'un concert au bout de ma rue, il va y participer. Il a délaissé la photo pour revenir à la musique, sa première vocation. Plus précisément, la musique de Veracruz, son État d'origine.

Le son *jarocho* est devenu le chant des résistants mexicains, m'explique-t-il en me passant son portable. Je lis une dépêche qui ne parle pas de concert, mais de trois photographes retrouvés démembrés à Veracruz. L'article est accompagné d'une photo de sacs-poubelle au bord d'un cours d'eau. Lui aussi a été menacé et il a bien réfléchi : finalement, il trouve qu'il est plus intelligent de transmettre ce qui se passe à travers la musique.

Il dit que le son *jarocho* restitue la voix de ceux qui sont isolés, ceux qui ne peuvent plus parler. Quand je pense à l'État de Veracruz et à *ceux qui sont isolés*, je pense à la Isla, la petite ville du triangle des Bermudes entourée de champs d'ananas où j'étais passée lors de ma première caravane de mères de disparus : l'autocar qui avance dans la nuit graisseuse, le son des véhicules étouffés…

Cette bande sonore qui tourne dans ma tête est en décalage complet avec l'ambiance énergique et joyeuse qui règne dans la salle de concert. Je quitte la salle pour regagner mon nid. Un gros bouquin m'attend sur la jolie table de nuit que les décoratrices d'intérieur viennent de chiner. Elles ont passé l'après-midi à la frictionner aux huiles essentielles.

Au lieu de me plonger dans la lecture, me voilà à nouveau en train de taper des noms dans le moteur de recherche. Apparaissent des photos d'ananas, et encore des ananas, et un cadavre de femme jeté dans un champ d'ananas.

La photo fait la une d'un journal local. Quel contraste entre cette une si explicite et le silence abyssal des habitants de la Isla. À quoi bon aller risquer sa peau si l'on ne peut rien rapporter ?

Ça sonne à nouveau. À travers le judas, une femme d'une cinquantaine d'années tient par la main un petit garçon. Elle se présente :

– Jazmin, la nouvelle femme de ménage.

Mes colocataires ont viré la précédente pour une histoire de petites culottes volées. Jazmin est venue avec sa petite fille. Une petite fille ? Je l'aurais prise pour un garçon avec son sac à dos super-héros, ses cheveux courts, ses baskets qui clignotent dès qu'elle se met à courir dans les escaliers.

Au bout d'une demi-heure, Jazmin dit qu'elle ne peut plus attendre le retour de mes colocataires. Elle me parle du long trajet pour rentrer chez elle. Je regarde sa petite et je comprends que la tactique de travestir les fillettes en garçons pour les protéger ne se limite plus aux zones rurales. *Il est plus facile d'enlever une fillette à ses parents qu'un gâteau à un enfant*, dit-on dans les villages reculés. C'est aussi vrai à Mexico.

Jazmin repartie, je tape #disparues sur Twitter. Les portraits défilent :

Luz Carmen Miranda Gonzales, 13 ans, sortie de force de chez elle dans le quartier Jardines de Morelos, Ecatepec.

Jenifer Velazquez Navarro, 16 ans, vue pour la dernière fois près de l'église La Source, quartier de Tecámac, Ecatepec.

Lucia Josselin Robles Sanchez, 17 ans, disparue dans les 250 mètres qui séparent l'arrêt de bus Las Torres de son domicile dans un lotissement d'Ecatepec.

Arisbeth, 15 ans, embarquée de force dans une voiture alors qu'elle se rendait à l'épicerie à Santa María Chiconautla, Ecatepec.

Luz Maria Jimenez Perez, 13 ans, disparue en sortant de chez elle dans le quartier Jardines de Morelos, Ecatepec.

Siyanna Saki Paz Lemus, disparue à Ecatepec.

Andrea Michel Davila Martinez, 15 ans, disparue sur l'avenue Las Torres, Ecatepec.

Je lis une série de tweets alarmants :

En quinze jours, vingt élèves ont été kidnappées à l'intérieur d'une école secondaire, le directeur est menacé, on l'empêche de faire des recherches...

On kidnappe aussi des élèves de l'école primaire de la rue Forteresse et aussi de l'école secondaire du quartier de la Chevillère ainsi que la Juan Barrera et l'école Technique 88 à Ecatepec... Je vous en prie faites un reportage ! tweete @claudio à une journaliste célèbre.

Aidez-nous ! Nous avons besoin de votre intervention ! tweete encore @Claudio à une députée, reconnue pour son activisme contre la traite.

Pour son profil, @claudio a choisi la photo d'un chiot de race pitbull. Il se décrit comme *un père de famille sportif.* Il s'est abonné au compte de Beyoncé, de Britney Spears et du FC Barcelone. Sur un vieux tweet, il annonce qu'il cherche un emploi de chauffeur, il a même laissé son numéro.

Dénoncer ce que tout le monde tait, afficher ses coordonnées : je pense à l'homme qui osa parler des féminicides à la télé hondurienne, à son visage en gros plan, à son nom en bas de l'écran. Il avait été assassiné dans les quarante-huit heures qui avaient suivi son intervention…

Les derniers tweets de @claudio remontent à plusieurs mois. Il n'a ouvert ce compte que pour envoyer ces trois tweets d'alerte. Dans la foulée, il a twitté deux autres fois pour chercher du boulot.

Que faire… Le contacter ?

Je monte sur le toit de mon immeuble pour sa vue à 360 degrés. Derrière les scintillements infinis, j'aperçois la sierra de Guadalupe plongée dans la nuit. Je pense à Jazmin en train de rentrer chez elle. Un jour de plus où elle risque sa peau et celle de sa petite pour une bouchée de pain. Je l'imagine dans un vieux bus pétaradant, les lueurs derrière la vitre lui donnant l'impression de traverser un champ de lucioles.

Vues d'ici, ces loupiotes deviennent les perles dorées d'une robe futuriste de Paco Rabanne. Une phrase de *Journal d'une survivante*, roman visionnaire de Doris Lessing, me revient : *Alors que toutes les structures sociales s'effondraient. Ils continuaient à ajuster leurs vies comme si rien ne s'était passé*. Je ne peux plus rester derrière mon écran à regarder ces portraits de disparues défiler. Je décide d'aller voir ce qui se passe là-bas.

Pour se rendre à Ecatepec, il suffit de prendre le métro et de descendre au terminus des *Indiens Verts*, à l'extrême nord de Mexico.

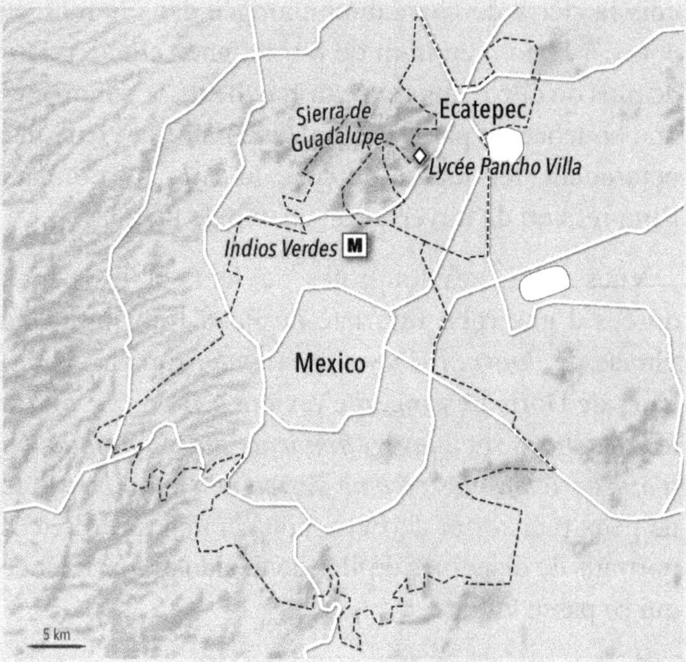
Sierra de
Guadalupe
Ecatepec
Lycée Pancho Villa
Indios Verdes
M
Mexico
5 km

À Ecatepec, le cauchemar commence au petit matin

> « Tu as peur de sortir de chez toi car tu ne sais pas si tu reviendras... »
>
> Tania, élève au lycée Pancho Villa, Ecatepec, Mexico

– Le transport public s'arrête là..., dit Amador en enjambant la barrière d'autoroute.

Le minibus redémarre avec, serrés sur ses banquettes, des travailleurs de nuit. Il est 6 h 30, Amador annonce qu'il se sent d'attaque pour une nouvelle journée.

Ce trentenaire vêtu en cow-boy de la tête aux pieds enseigne *le droit et la pensée critique* dans un lycée de la banlieue nord de Mexico, pile dans le quartier où @Claudio dénonçait les kidnappings au sein des établissements scolaires. Je n'ai pas réussi à joindre Claudio. Mais en faisant des recherches, je suis tombée sur Amador. Le jeune prof engagé a accepté que je le suive dans son lycée.

Après avoir enjambé la barrière d'autoroute, nous traversons un terrain vague. Nous voilà arrivés au pied d'une colline saturée de constructions. Le passage entre l'autoroute et l'agglomération était un *no woman's land*. Au pied de la colline, la présence humaine se manifeste par des sales regards venant d'hommes appuyés contre des véhicules blancs, sans plaques.

Personne dans les rues. Juste la clochette d'un ramasseur de poubelles. Amador m'indique une façade de béton nu derrière laquelle ont été *stockés* des civils. Il a bien dit *civils* et pas *kidnappés*. Il ne me parle pas de rançon, mais *d'échange de prisonniers* et de *stockage de chair à canon…*

Nous traversons un marché aux puces, sans aucun badaud ni vendeur. Des pots de peinture sont empilés sur le trottoir. Amador m'explique qu'il s'agit d'un cadeau du gouverneur de l'État de Mexico qui a pompé l'idée au maire de Rio. Ce dernier avait eu l'idée d'en offrir aux habitants des favelas, histoire d'égayer leurs façades pour le Mondial.

Je lui demande s'il connaît JR, l'artiste qui tire le portrait des habitants des favelas pour briser leur anonymat. Amador a vu son travail, mais il trouve que ce serait mieux si JR prenait des portraits de disparus pour exposer leurs visages dans les derniers endroits où ils ont été vus.

Aucune épicerie à la ronde alors que je compte trois salons de beauté. Ils ont été ouverts, me dit Amador, grâce à l'Institut de la femme afin de créer des emplois pour les mères célibataires. Mais il ajoute, énervé :

– Sauf que… où sont les clientes ? Pour venir ici, au lycée, mes élèves sont obligées de raser les murs et de s'habiller comme des sacs.

Au lycée Pancho Villa, les adolescentes portent toutes des baskets. Elles m'expliquent que ce n'est pas la mode, juste une nécessité :

– Dès qu'une grosse voiture s'approche, la consigne c'est : Barre-toi, cours !

Celles qui acceptent de témoigner s'expriment dans une langue rapide et saccadée, traduisant bien les décharges de stress subies à chaque trajet. Une lycéenne au visage maigre et aux mèches décolorées dit qu'elle a vécu *une très sale expérience* : elle a été embarquée, *mais je ne vous dirai pas ce qu'ils m'ont fait…*

Une autre souligne que la directrice n'a pris aucune mesure, elle a juste demandé aux parents de venir chercher leurs enfants :

– Même ma mère, ils ont voulu la kidnapper. Imaginez ! Ma mère ! Devant le lycée, elle tremblait et elle m'a dit : « S'ils s'en prennent à moi, alors toi… »

La directrice me demande de la suivre jusqu'en haut d'un escalier en colimaçon. Cette petite femme d'une quarantaine d'années, les cheveux teints en blond, veut me montrer le panorama de collines saturées de constructions. Elle me fait un petit exposé sur Ecatepec, la banlieue la plus densément peuplée d'Amérique latine.

Elle m'explique qu'après l'exode rural des années 1990, c'est le taux de natalité très élevé des années 2000 qui maintient la densité. À Ecatepec, on est grand-parent à 35 ans et les grossesses sont la première cause de désertion scolaire. Parfois, il arrive que, faute de places dans les établissements, ce soit les parents eux-mêmes qui construisent les salles de classe.

Ce fut le cas au lycée Pancho Villa. La directrice est fière de ce lycée populaire créé avec un idéal de solidarité. Elle met en avant une équipe d'enseignants engagés contre les politiques néolibérales :

– Notre lycée accueille une génération née à l'orée du XXIe siècle de parents paysans ruinés à cause de l'afflux de produits agricoles subventionnés par les États-Unis.

Ces paysans vivotent de petits boulots dans les marges de Mexico. Ils croyaient n'avoir plus rien à perdre. Mais, après leur terre, c'est la présence physique au monde de leurs filles qui est menacée.

La directrice confirme : oui, elle a bien ajouté *disparition* aux motifs de désertion scolaire. Elle en a discuté avec des collègues d'autres établissements qui comptent eux aussi des disparus parmi leurs élèves. Je pense aux tweets dénonçant les kidnappings dans l'enceinte des écoles primaires et secondaires de ce même quartier, mais je n'ose pas lui demander si les mafieux ont déjà franchi les grilles du lycée.

Retour dans la cour de récré : accords de guitare, rires, sifflements. Une atmosphère qui contraste avec les voix basses, blessées, stressées du petit groupe qui s'appuie contre un mur pour témoigner :

– Une amie a été violée sur le chemin de l'école par un homme qui l'a traînée dans une impasse. Il lui a mis de tout : tube, verre, bouteille… Il y avait du monde dans la rue. Il était 7 heures, mais les gens ne font rien. Quinze jours plus tard, au même endroit, ils étaient à huit contre ma voisine. Elle a fini handicapée à vie.

C'est une jeune fille au visage constellé de grains de beauté qui parle accrochée au bras de sa meilleure amie. Elle dit qu'elles sont revenues de tout, que leur amitié est à la vie, à la mort. Chaque matin, elles s'envoient des textos pour faire le trajet ensemble.

Avant, elles étaient trois mais la troisième copine a été embarquée, elle n'avait pas couru assez vite.

– Après l'avoir utilisée, ils l'ont balancée le lendemain devant chez elle. Comment connaissaient-ils son adresse ?

Son amie l'interrompt :

– Mais ils savent tout de nous. À quelle heure on entre et à quelle heure on sort et surtout ils savent très bien jusqu'où aller pour nous faire du mal…

Une autre raconte le jour où sa voisine se présenta nue devant sa porte :

– J'ai mis du temps à lui ouvrir, elle était blessée et son vagin était en sang.

Quelques mois auparavant, la voisine avait été sortie de force de chez elle par des policiers. Ils avaient été guidés par son petit copain, qui payait ses dettes de drogue en utilisant sa *fiancée* comme un chèque en blanc.

– On l'a cherchée partout, on n'aurait jamais pensé qu'elle était là-haut, dans la montagne, et qu'ils la prostituaient. Quand elle s'est enfuie, elle a sonné chez moi, elle avait peur qu'ils repassent la chercher.

Au loin, j'aperçois Amador en train de discuter avec une élève.

Assise par terre, elle pianote sur son portable. Sans doute lui demande-t-il de témoigner car elle se lève et nous rejoint. Silhouette fine, cheveux coiffés en tresse, yeux bridés, elle s'appuie contre le mur, regarde droit devant, très concentrée, et parle au présent comme si elle revivait la scène :

– Il est 7 heures, j'arrive devant le lycée, mon père m'accompagne. Soudain une voiture me barre le passage. Un type en sort : il est petit, brun, il a la peau mate. Il porte un blouson de cuir. Il me tire de force vers la voiture. Mon père se retrouve un pistolet sur la tempe, il ne peut pas m'aider. Je me demande à ce moment-là ce qu'ils veulent faire de moi : me prostituer ou vendre mes organes ? Mais je crains pour la vie de mon père et je me laisse faire... Puis il se passe un truc bizarre juste avant d'entrer dans la voiture. Un coup de feu part de l'intérieur et je suis relâchée.

Avec mon père nous courons et nous courons. Une fois hors de danger, mon père me dit que dans la voiture, il a vu des gens enchaînés.

Alors que les adolescentes regagnent leur salle de classe, Amador me glisse que, parfois, elles arrivent essoufflées et lui disent :

– Prof, je suis une survivante.

Comment faire de la théorie en cours alors que ses élèves risquent leur vie pour se rendre au lycée ?

Amador pense d'abord à soigner. Il s'inspire de sa mère, Indienne des montagnes de Puebla, féministe à l'ancienne, accoucheuse et guérisseuse. Il se réclame aussi de la génération zapatiste. Le soulèvement des Indiens du Chiapas a bouleversé ses années lycée. C'est alors qu'il a décidé que la rébellion serait au centre de sa vie. À 18 ans, il s'inscrit en fac de socio et étudie les mouvements féministes à l'Institut Simone de Beauvoir de Mexico. De ses débuts dans l'activisme, il dit qu'il en a eu assez des querelles de chapelle.

Lorsqu'un ami l'a invité à travailler au lycée Pancho Villa, il s'est senti au bon endroit :

– Pas par devoir, encore moins par idéologie, juste parce que je suis bien avec mes élèves.

Une adolescente dessine une silhouette vide au tableau. À l'intérieur, elle écrit les insultes et les agressions qui ont blessé son corps. Amador lance quelques remarques, il s'adresse à une classe de seconde avec une trentaine d'élèves, en majorité des filles. Il me dit qu'à la rentrée, chacun a inscrit sur un papier les traumatismes subis. Ensuite le papier a été brûlé, pour marquer le début d'un nouveau cycle.

Amador voudrait qu'en terminale ses élèves puissent dire à haute voix ce qu'ils ont subi. Qu'ils puissent réfléchir, débattre, revendiquer. En écoutant certains témoignages, c'est bien ce que j'ai ressenti : un recul, une force et un élan pour affronter le *no woman's land* de chaque jour.

– Je veux leur laisser des outils pour qu'ils puissent se sortir de cet environnement empoisonné, surtout les filles. Ah, elles sont pauvres, d'origine indienne, on peut les violer, les faire disparaître, tout le monde s'en fout ! On les appelle les crevardes, les ramasseuses d'os. J'ai trois ans pour leur redonner confiance, dit Amador alors que nous regagnons l'autoroute à pied.

Et voilà qu'il enjambe à nouveau la barrière et se retrouve sur la bande d'arrêt d'urgence, les santiags crottées de terre. Le minibus en direction des *Indiens Verts* est en train de démarrer.

Amador ouvre *in extremis* la portière et nous sautons à l'avant. À l'aller, le chauffeur nous avait offert des papillotes qui traînaient sur le tableau de bord. Cette fois, ce chauffeur nous engueule en rappelant qu'il est interdit de s'asseoir à ses côtés.

Amador fait mine de roupiller, je regarde droit devant. Je viens de comprendre que le coup de monter dans le minibus au dernier moment et de s'asseoir à l'avant fait partie de ces mille et une stratégies de survie au quotidien. Séparés des autres passagers par un grillage, nous gagnons du temps pour nous enfuir en cas de braquage.

Quarante minutes plus tard, un panneau d'autoroute indique la sortie *Indiens Verts*. Amador rouvre les yeux. Il me glisse qu'il n'a pas dormi de la nuit, qu'il a reçu des menaces. Il jure qu'il ne marchera plus dans les rues autour du lycée, qu'il prendra un taxi.

Alors que nous zigzaguons entre les minibus, direction la bouche de métro, il me montre une vitre arrière fumée avec un *Tu nous manques !* écrit au cirage blanc. Il s'énerve :

– Tu nous manques ! Que Dieu soit avec toi ! Et c'est tout, même les chauffeurs se sont résignés. Quand l'un des leurs est assassiné, plus aucun ne demande justice.

Puis il se reprend et dit comme s'il pensait à haute voix :

– Mais si tu demandes justice, tu te fais lever au prochain coin de rue…

*

Une semaine plus tard, me revoilà aux *Indiens Verts* pour attraper un autre minibus en direction d'Ecatepec. Cette fois, je descends un peu plus loin, dans le centre de la municipalité. J'ai rendez-vous avec Emma, avocate des familles de victimes de féminicides.

En gilet de laine tricoté, clope au bec, la jeune femme est à l'heure. Elle m'embarque aussitôt dans sa voiture, soulignant que la difficulté d'accéder à la justice commence par le trajet. Elle calcule que nous en avons au moins pour une heure jusqu'au tribunal et en profite pour me parler de Jessica Lucero, l'adolescente de 14 ans pour laquelle elle se bat.

Jessica Lucero a été violée et suppliciée. Ses assassins l'ont achevée en lui écrasant la tête avec une grosse pierre. Son cadavre a été retrouvé dans un terrain vague d'Ecatepec. Cruz, sa mère, nous attend à un feu rouge. C'est une femme indienne à la voix à la fois douce et décidée.

Avec Emma, elles échangent des précisions sur la taille et le poids de la grosse pierre. L'un des assassins de Jessica Lucero est derrière les barreaux. Si nous nous rendons au tribunal aujourd'hui, c'est pour essayer de faire requalifier l'homicide en féminicide.

Emma m'explique que dans le code pénal de l'État de Mexico, la définition du féminicide est confuse, que ces crimes de haine contre les femmes sont souvent classés comme homicides ou comme suicides et que classer un féminicide dans la mauvaise catégorie est aussi un stratagème pour empêcher les familles d'obtenir justice.

Elle me parle du dossier qu'elle est en train de préparer. Elle compte le présenter à la Cour interaméricaine des droits de l'homme. Elle voudrait que, comme ce fut le cas à Ciudad Juárez dans les années 1990, l'État mexicain soit condamné pour son incapacité à défendre ses citoyennes.

Dans l'État voisin du Michoacán, des mouvements d'autodéfense se sont créés. À Ecatepec, les habitants n'ont pas de quoi s'acheter des armes ou des alarmes si bien qu'à la nuit tombée, ils lâchent leurs chiens.

Des chiens, j'en vois partout pendant notre trajet. Au bord des routes, sur les terrains vagues, et même sur une fresque révolutionnaire où les gueules de molosses remplacent celles de Zapata ou de Pancho Villa. On dirait que le destin d'Ecatepec se retrouve entre leurs pattes.

L'État semble avoir abdiqué et Facebook sert de cahier de doléances aux citoyens abandonnés. On y lit des plaintes de chauffeurs de taxi obligés de travailler en gilet pare-balles, celles de citoyens braqués à la sortie du supermarché pour un sac rempli de bouffe, des histoires de kidnappings d'animaux de compagnie avec demande de rançon, des commerçants braqués et rackettés qui annoncent qu'ils tirent le rideau.

On peut voir aussi des photos signées par le cartel de Sinaloa ou par un autre des cinq ou six cartels qui se disputent le marché de la drogue aux portes de Mexico. Des annonces du même genre que celles des villes frontières visent à recruter à Ecatepec :

Avis important. Groupe opérationnel lié au cartel du Golfe t'offre du travail. Ici on te paie en dollars, arrête de vivre dans un lotissement ouvrier avec des coupures d'eau et ne prends plus le métro. Choisis la voiture dernier modèle que tu veux et, pourquoi pas, laisse-toi tenter par une camionnette. On va te dire comment y arriver. Avertissement : abstenez-vous les mouchards de la police judiciaire qui touchent leur salaire à un autre râtelier. Vive la compagnie, messieurs !

Sur Twitter, je tombe sur un mot signé par les habitants d'un lotissement ouvrier :

Nous en avons marre d'être un lieu de stockage de kidnappés et un dépotoir de cadavres.

Violée et suppliciée à 14 ans, Jessica Lucero ne s'est cachée derrière aucun pseudo. Elle est allée dénoncer son voisin à la police. Le policier a demandé un bakchich de 200 euros. Le violeur lui a offert de l'argent pour qu'elle retire sa plainte. Elle a refusé. Il l'a menacée.

Dans l'État de Mexico, les menaces de mort ne constituent pas un délit. Jessica Lucero n'a eu droit à aucune protection. Quelques mois après sa plainte, elle a été kidnappée, reviolée et tuée.

Rien ne lie les deux affaires, si ce n'est qu'elles se sont toutes deux déroulées à Ecatepec, une municipalité où le seul fait d'être une femme représente un danger de mort.

Dans la cour de justice, Cruz, la mère de Jessica, tourne les pages du dossier dont elle dicte des passages à l'avocate. À son poignet, Cruz porte un ruban violet, un cadeau de sa fille. Comme pour Maria Eugenia avec la pince à cheveux, ce ruban est devenu un talisman qui l'accompagne dans sa quête de justice.

Alors qu'elles ont le nez dans la paperasse, j'observe les allées et venues dans l'immense salle des pas perdus. Dans la foule, plusieurs femmes en tailleur, des hommes en costard au profil d'oiseau de proie. Je capte des bribes de conversation :

– Que veux-tu, mon fils a été condamné, ce n'est pas le moment de pleurer.

En regagnant le parking, Cruz nous montre l'un des sommets de la sierra :

– Je vis là-haut.

Elle nous explique que sa maison n'a pas de murs, mais qu'elle est camouflée dans la verdure. Elle énumère ses arbres fruitiers et les légumes de son potager, elle nous parle du talent culinaire de sa fille qui préparait comme personne les *chiles en nogada*, des chilis farcis de viande de porc hachée recouverts d'une sauce aux noix.

Cruz est-elle en train de sublimer ? De là où nous sommes, je ne vois que du béton, aucune trace de végétation, pas même un petit point vert. Autour de nous, aucun endroit où les yeux puissent grappiller un peu de beauté : le parking jouxte un pénitencier, la voiture d'Emma est garée entre deux camions militaires. À notre droite se dresse le bâtiment de la cour de justice, tout neuf, d'une blancheur presque fluorescente, posé dans la grisaille ensommeillée.

*

Éléphant blanc, cette expression me vient à l'esprit en recevant le texto d'un avocat qui s'occupe lui aussi de la défense des familles de victimes de féminicides. *Faites plutôt une enquête sur les animaux du cirque !* m'avait-il dit la veille au téléphone.

Lorsque je lui avais demandé un rendez-vous, il m'avait raconté une histoire absurde d'éléphant qui, évadé d'un cirque d'Ecatepec, avait fini sa course renversé sur l'autoroute. J'avais pensé qu'il voulait se débarrasser de moi. Il vient de confirmer notre rendez-vous. Cruz a déjà eu affaire à lui. Elle me dit qu'il a un humour un peu particulier mais qu'il fait son boulot. Elle se propose de m'accompagner.

Nous revoici dans le centre d'Ecatepec.

On nous reçoit dans un bureau aux murs rouges et je retrouve la même ambiance mafieuse qu'à Tlaxcala. Des types en costard sortent tous en même temps de je ne sais où pour me prendre en photo avec leur portable. Je suis assise en face d'un homme en bras de chemise qui n'est pas l'avocat. J'essaie de deviner son identité à travers les bibelots posés sur son bureau : un bouddha doré, la statuette argentée d'un homme brandissant une épée…

Une demi-heure plus tard, l'avocat s'assoit à son tour derrière le bureau. Je le reconnais à sa voix grasse. Le voilà parti dans une logorrhée sur les féminicides, Amnesty, l'Onu… Il en parle comme des marques de vêtements.

Diana patiente depuis une heure dans ce bureau pour témoigner au nom de sa grande sœur. Étudiante en psychologie, celle-ci finançait ses études en travaillant dans une épicerie. Vers 7 heures, alors qu'elle se rendait au travail, elle a été embarquée :

– Elle pesait 48 kg pour 1,60 m. Elle répondait aux caractéristiques des femmes disparues dans la municipalité. À 24 ans, elle faisait plus jeune que son âge. On la prenait souvent pour une lycéenne. Mais je peux vous dire qu'elle avait une sacrée force malgré son petit gabarit ! Dans son boulot à l'épicerie, elle transportait des cageots. Alors je me dis qu'elle a dû se défendre, ne pas se laisser faire, lutter, et que c'est pour ça qu'ils l'ont tout de suite tuée.

Diana tient à souligner que sa sœur a eu de la chance par rapport aux jeunes femmes qui meurent des mois, voire des années après :

– Je n'ose pas imaginer les souffrances qu'elles endurent…

L'homme d'une quarantaine d'années assis à côté de Diana a le visage ébahi. Il cherche Arisbeth, sa fille de 15 ans, kidnappée à deux pas de chez elle alors qu'elle se rendait à l'épicerie avec son petit frère. Le petit frère a été relâché, pas Arisbeth dont il est sans nouvelles depuis un an.

– C'était un homme avec une coupe de cheveux militaire qui l'a prise, dit-il, mais je n'arrive pas à l'écouter tant la douleur déforme sa voix.

Mon oreille est branchée sur l'avocat qui, de sa voix grasse, tente d'appâter Cruz :

– Vous êtes venue chercher votre bon pour le sac de ciment ?

Puis il passe à Diana en lui demandant si elle a bien réfléchi à l'installation d'une caméra de sécurité à son domicile. La jeune fille ne répond pas et rejoint son grand frère qui l'attend près de la porte. Instinctivement je la suis.

Diana me glisse que ses voisins du lotissement Les Amériques ne veulent pas que l'assassinat de sa sœur se sache, ils lui ont même fait comprendre qu'elle devrait déménager car elle a les mêmes caractéristiques physiques que les femmes qui ont été embarquées.

– Mais où aller si au Mexique c'est partout pareil ? interroge Diana.

Je lui passe mon numéro. Son grand frère intercepte mon bout de papier. D'une voix basse et indignée, il me demande comment je compte m'assurer que ce sera bien sa petite sœur et pas quelqu'un d'autre au bout du fil.

Le téléphone redevient un trou noir. Je repense au Honduras, aux difficultés à entrer en contact avec les proches de migrants. Je sens au regard du grand frère que c'est moi et non pas l'avocat qu'il voit comme l'un de ces papillons de nuit qui volette autour de la douleur d'autrui.

Je suis sur le point de sortir de l'immeuble quand Cruz me rattrape. Angelica, son amie, veut témoigner, elle est un peu en retard mais elle arrive. Cruz m'entraîne dans l'arrière-cour où des ouvriers font une pause déjeuner.

Dans un coin, une bétonnière au repos et des chaises de bureau en vrac. Cruz en attrape deux qu'elle place l'une en face de l'autre. Angelica ne tarde pas à arriver chargée de sacs de supermarché. Elle porte aussi un bébé. Elle essaie de parler mais elle ne peut pas, elle éclate en sanglots. Le bébé scrute le visage de sa mère, puis se dégage de ses bras.

Cruz cherche de quoi sécher les larmes de son amie. Elle découvre que les rouleaux de papier toilette ont été sortis des sacs de courses. Où est passé le bébé ? Panique totale, tout le monde se met à le chercher. Nous le retrouvons dans un tuyau en béton. Il nous regarde de ses grands yeux écarquillés, la bouche pleine de bave avec un grand dégueulis de papier. Il a déroulé les rouleaux de papier toilette un peu partout. Cruz récupère les feuilles éparpillées et les replie avec délicatesse comme s'il s'agissait des pages de son dossier.

Lors de la matinée passée dans la cour de justice, elle a dû recopier à la main des pages entières. Combien de millions a coûté ce bâtiment sans même une photocopieuse à disposition ?

Dans mon imagination, la cour de justice de l'État de Mexico devient une baleine, une cousine de Moby Dick qui a avalé toute la paperasse des procès avortés, renvoyés, expédiés. Des millions de certificats de naissance de disparus, des centaines de milliers de certificats de décès de personnes assassinées à cause d'une guerre masquée dont la cruauté ne s'arrête pas aux corps mutilés ou aux pendus. Elle se prolonge dans les commissariats, les cours de justice et les cabinets d'avocats.

*

Le journaliste avec qui j'ai rendez-vous m'attend dans sa voiture garée devant un bar. La vitre ouverte, il tend le cou pour suivre sur l'écran géant un match de qualification pour le Mexique. Alors que je monte dans sa voiture, j'aperçois Cruz en train de sortir de l'immeuble avec Angelica. L'une brune, l'autre blonde, toutes les deux de petite taille, elles marchent enlacées sur l'avenue déserte. Derrière elles, le mari de Cruz qui porte les sacs de supermarché. Ensuite vient le père de Cruz avec le bébé d'Angelica dans les bras. Dirigeant communautaire important dans son quartier, le père de Cruz soutient les proches de victimes qui se sentent isolés, comme c'est le cas d'Angelica.

Mère célibataire, elle fait des ménages de nuit de 23 heures à 15 heures, pour subvenir aux besoins de sa famille et payer la place de sa fille au cimetière. Angelica doit aussi penser à graisser la patte au gardien pour que l'épitaphe et les fleurs ne soient pas volées. Elle ne sait rien de ce qui est arrivé à sa fille, juste que son cadavre a été retrouvé dans un minibus. Je n'oublierai jamais les yeux de son nourrisson comme deux tournesols cramés. Il n'a pas encore un an et a déjà reçu une dose de douleur inouïe.

– La douleur dans laquelle vit notre pays est sans visibilité, sans reconnaissance. Notre société nie le deuil, où est la compassion ? interroge Emma.

L'avocate se bat pour obtenir justice. L'association féministe qu'elle a créée avec ses consœurs s'appelle *Les femmes qui serrent le Mexique dans leurs bras*.

*

La voiture du journaliste est une bulle avec des bouquins un peu partout, j'imagine qu'il y passe beaucoup de temps : l'État de Mexico a des routes encombrées et une géographie compliquée.

Il pose sur mes genoux une pile de CD : les Fabulous Trobadors, les Têtes Raides, Louise Attaque, Vomit for Breakfast, Coche Bomba. Il me parle d'échanges de CD avec des copines françaises, représentantes d'un mouvement anarchiste de Toulouse. Il a le regard qui plane lorsqu'il raconte sa rencontre avec cette bande de filles venue taguer les murs d'*Ecatepunk.*

Il ne dit pas Ecatepec mais *Ecatepunk* et je me souviens que les terrains vagues, avant de devenir des dépotoirs de cadavres, accueillaient des festivals de rock, de metal surtout.

La scène musicale a toujours été active dans la banlieue nord, mais cette année le festival Rock & Hell a été annulé. Même les *sonideros*, ces bals populaires où les DJ interrompent sans cesse les morceaux pour des dédicaces, ont été interdits.

Salsa, reggaeton, boléro, cumbia : la playlist de Jessica Lucero correspondait à celle de ces bals populaires. *Elle mettait la musique à fond, son boucan nous manque*, me disait Cruz en faisant défiler les morceaux sur le portable de sa fille qu'elle garde toujours sur elle comme une relique.

Perdue dans mes pensées, hypnotisée par la pile de CD, j'ai dû rater quelque chose car le journaliste ne se gare pas devant un petit restau, il me largue à un arrêt de bus. Et notre déjeuner ? Il m'explique qu'il a un coup de pompe car il a dû se lever en pleine nuit pour aller photographier du matériel radioactif retrouvé sur un terrain vague à plus d'une demi-heure de route.

Cela pourrait sembler du foutage de gueule comme excuse mais non. Depuis une semaine, la disparition de ce matériel radioactif fait la une des journaux d'Ecatepec.

Dans le minibus, je suis intriguée par un vieux monsieur qui porte des lunettes de soleil à verres miroir alors que dehors il pleut. Ces lunettes lui donnent un air cruel et indifférent, il ressemble à un axolotl. L'axolotl est un amphibien en voie de disparition vivant depuis des millénaires dans l'écosystème lacustre de Mexico. Sa particularité, c'est qu'il reste toute sa vie à l'état larvaire. Cortázar, l'écrivain argentin, a écrit une nouvelle sur les axolotls : obsédé, le narrateur passe des heures derrière la vitre d'un aquarium du Jardin des Plantes de Paris, contemplant ces créatures sans paupières avec une étrange pupille dorée jusqu'à perdre son centre et basculer de l'autre côté.

À Mexico, on appelle justement les minibus les *peceras*, les aquariums. Je me sens emprisonnée dans cet espace exigu, mais il est trop tard pour en sortir. Le vieux monsieur est assis au bord de la banquette, comme s'il allait se lever. Il paraît que les braqueurs ne montent plus en cours de route, mais qu'ils s'assoient parmi les passagers et qu'au beau milieu du trajet ils sortent leurs armes avant de ramasser les portefeuilles et les portables dans un sac-poubelle. Souvent, ils tripotent ou violent les femmes devant les autres passagers. Les peines pour les braqueurs, les violeurs et les kidnappeurs ont été durcies. Si bien que même les victimes de vol peuvent être criblées de balles, les délinquants s'assurant ainsi qu'elles ne porteront jamais plainte.

Le minibus ne cesse de marquer des arrêts sur la bande d'arrêt d'urgence et, à chaque fois, c'est le même genre d'homme qui monte : un petit gars en jeans baggy et bonnet en laine enfoncé jusqu'aux yeux. Seule exception : une femme au visage lumineux avec de grands yeux attentifs et expressifs. Sur ses genoux, deux barquettes de polystyrène avec leurs coupelles de sauce scotchées au-dessus. Nous sommes assises côte à côte et au moment où elle descend, je la suis. Alors que nous attendons un autre minibus, elle me dit qu'elle aussi a les nerfs à fleur de peau. La veille, elle a été braquée à une station de métro :

– Le braqueur me sortait des vannes et il riait alors que j'avais son flingue pointé dans le dos. Il y avait du monde autour de nous. Puis nous nous sommes éloignés, il m'a entraînée dans une rue isolée, je croyais qu'il allait me tuer ou me violer mais non, il m'a juste dépouillée.

Vingt minutes plus tard, me revoici au terminus des *Indiens Verts* et je repense à l'époque où j'aimais passer des heures dans les transports juste pour observer les visages. Mais là je n'ai aucune envie de traîner. Le couloir de correspondance entre la gare routière et le métro est tapissé de portraits-robots. Si on ne s'arrête pas pour lire la fiche signalétique, on pourrait croire que ce ne sont pas des portraits de disparus mais de délinquants.

*

Le froissement qui me réveille à l'aube vient de la poubelle, où un rongeur doit être en train de se débattre dans le plastique pour s'échapper. En me redressant, je comprends que le froissement ne vient pas de la poubelle mais de la cour intérieure.

Elle a une acoustique bizarre. Parfois, j'entends des voisins discuter comme s'ils étaient au pied de mon lit. Ce sont toujours les mêmes voix : l'une morte et l'autre éreintée dialoguant entre deux battements d'ailes de pigeon. Il est 5 h 30 du matin et Emma l'avocate m'a déjà envoyé un texto. Elle m'écrit : *Cruz est en danger*.

Je la rappelle et elle me dit que la nuit dernière, autour de 23 heures, des hommes ont débarqué chez Cruz. Ils l'ont traînée dans son patio, l'ont frappée, mais elle a réussi à leur échapper et elle se cache quelque part, blessée.

Emma est persuadée qu'il y avait des mouchards à la cour de justice. En tout cas, l'opération d'intimidation est réussie : Cruz abandonne, les autres familles ont déjà appelé pour se désister. Emma ne défendra pas les victimes de féminicides devant la Cour interaméricaine des droits de l'homme.

Assise sur mon lit, je pense à Jessica Lucero qui a passé son dernier mois enfermée dans sa chambre, seule avec l'écho des tortures qu'elle avait subies. Son premier violeur était un voisin. Il avait une vue sur son patio, ce qui lui permettait de surveiller ses allées et venues. Elle n'osait même plus aller à l'épicerie. Pourquoi ne s'était-elle pas enfuie ? *Mais où aller si au Mexique c'est partout pareil ?* disait Diana.

Je réentends sa voix, une voix éteinte mais qui porte encore :

– Je pense souvent à la peur de ma sœur avant de se faire tuer. À qui pouvait-elle demander de l'aide s'il n'y avait personne ? Où pouvait-elle aller ? Nulle part ! Il n'y avait aucune échappatoire !

*

Rendez-vous à 7 heures aux Indiens Verts, me textote Amador une semaine plus tard.

Il est presque 6 heures du matin et le trajet dure une bonne quarantaine de minutes. Je fais mon sac en vitesse. Un dernier coup d'œil à la chambre avec sa tête de lit en bois ancien, sa grosse couette, la bibliothèque. Alors que je referme la porte derrière moi, Amador m'envoie un autre texto où il annonce qu'une activiste de Ciudad Juárez viendra aussi pour une rencontre-débat avec ses élèves. Il s'agit de Norma Andrade, la cofondatrice en 2001 de la première association de proches de disparues, *Nos filles de retour à la maison.*

Je trouve bizarre que cette activiste expérimentée, qui a échappé à deux attentats, accepte un rendez-vous aux *Indiens Verts*. Qu'elle attende Amador avec ses deux gardes du corps dans un terminus malfamé me semble improbable. Mais après tout, je me dis que cette inconscience caractérise bien les activistes qui n'échappent pas au syndrome de la grenouille bouillie : si l'eau est chauffée progressivement, la grenouille ne cherche pas à s'échapper de la casserole et elle crève sans s'en apercevoir. De même, les activistes ne perçoivent plus le danger à force de prendre des risques.

Alors que je traverse le centre-ville pour prendre le métro, me sautent aux yeux les peaux épaisses et luisantes des passants. Il est à peine 6 heures et l'air est déjà moite.

Sans doute à cause du stress, je vois des signes partout : une femme porte une blouse à pois surmontée d'un gros ruban noir. Le même ruban qu'on met au-dessus des portes pour annoncer un décès. Aïe ! Je ne le sens pas, ce rendez-vous ! Je décide de m'accorder un délai de dix minutes en marchant jusqu'à la prochaine station de métro.

Amador me rappelle pour me dire qu'en fait je devrai me débrouiller seule pour les rejoindre. Je n'ose pas.

Sur un écriteau glissé derrière un pare-brise, je lis : *Transport Pyramides*. Il y a des années, j'étais montée dans un de ces minibus pour me rendre sur le site archéologique de Teotihuacán. Tous les passagers étaient vêtus de blanc, nous allions célébrer l'arrivée du printemps et faire le plein d'énergie en gravissant les pyramides de la Lune et du Soleil.

Le mois dernier, des lycéennes se sont elles aussi habillées en blanc pour gravir une montagne sacrée, la sierra de Guadalupe qui enserre leur quartier. Elles ont escaladé son versant jusqu'à un terrain vague, où six cadavres de femmes avaient été retrouvés. Arrivées là, elles se sont allongées dans la poussière. Avec leurs corps d'adolescentes en pleine mutation, les lycéennes ont pris le contre-pied des mafieux et de leurs alphabets faits de corps mutilés. Elles ont chorégraphié les lettres d'un message appelant à la mobilisation : *Arrêtez les féminicides !* Ce message n'a été visible qu'un instant, mais la photo de leur performance a circulé sur Twitter.

Je reprends le métro pour le centre-ville. Dans les rues piétonnes, l'adrénaline se sent : le Mexique affronte le Cameroun en fin de matinée. Le match est sans doute un élément qu'Amador a pris en compte pour fixer la date de sa rencontre-débat. À l'heure qu'il est, les braqueurs et autres petits faucons sont déjà scotchés à leur télé. La voie est libre pour les migrants qui pourront – le temps d'un match – traverser le Mexique sans se faire kidnapper.

Même les gardiens de musée ont déserté. J'en profite pour aller voir les fresques révolutionnaires d'un ancien lycée populaire devenu musée. Dans une œuvre de José Clemente Orozco, des paysans au dos courbé se métamorphosent en combattants. Je pense aux paysans déracinés d'Ecatepec et à leurs filles, victimes de cette industrie du divertissement qui consomme de la chair fraîche à un rythme affolant. À la sortie des matchs de foot, gros seins et vagins étroits sont vendus comme générateurs de sensations au même titre que la drogue.

En flânant dans les rues désertes, j'entre dans des petites églises. Leur intérieur est saturé de dorures et d'ex-voto. Dans l'une d'elle, je découvre un mannequin de cire sous cloche et une petite pancarte où je lis :

Sainte Céleste : 850 D.C.
Lieu : Córdoba, Espagne.

Festivité : 21 décembre.
Sainte patronne : des fiancées.
Mort : décapitée.

Peu avant son assassinat, Jessica Lucero avait demandé à son beau-père de peindre son cercueil en *bleu du ciel*. À 14 ans, elle n'avait pas la vocation de martyre, mais elle avait pressenti sa fin.

Au Mexique, nous vénérons les saints et nous traitons avec une extrême cruauté les êtres humains, cette phrase me revient en regardant sainte Céleste. La martyre repose sur des coussins brodés avec juste une éraflure sur le cou.

Les médecins légistes n'ont pas pris de gants pour présenter à Angelica le cadavre de sa fille. Ils sont venus la chercher en lui disant qu'elle avait été arrêtée. Puis ils l'ont poussée dans une petite pièce glacée. Personne n'a pris la peine de lui expliquer qui, comment, pourquoi la jeune fille de 17 ans avait été assassinée de dix balles dans le corps. *On ne peut pas disposer de la vie des autres comme ça. Je veux que justice soit faite*, disait Angelica.

*

À chaque conférence, Norma Andrade a un petit rituel : elle pose devant elle le portrait de sa fille, Lilia

Alejandra, kidnappée le 14 février 2001 à Ciudad Juárez. *¡Justicia!* lit-on au feutre rouge sous le portrait de Lilia Alejandra. Son cadavre a été retrouvé un mois après, jeté dans un terrain vague.

– Le cadavre exposé dans un lieu public est une des caractéristiques des féminicides, dit cette ancienne institutrice devenue activiste.

Norma Andrade raconte à toute vitesse son combat pour la justice, sans pathos. Une petite touche d'humour noir à l'occasion, comme lorsqu'elle dit que sa grosse poitrine l'a sauvée d'un attentat en freinant la balle censée lui être fatale. La classe rit. La classe ? Cinq personnes. Aucun tract, aucun affichage pour annoncer la conférence. C'est Pao, une ancienne élève d'Amador, qui m'a prévenue.

Pao a dû rester discrète car le rectorat interdit les interventions de mères de victimes en milieu scolaire, craignant qu'elles ne sèment la panique. Et en effet, Norma Andrade commente, statistiques à l'appui, *la juarisation* du Mexique.

Dans les années 1990, les disparues de Juárez ont contribué au mythe de la frontière sauvage, « un endroit où même le diable ne vivrait pas ». Les familles de victimes sortaient dans la rue en brandissant des croix roses. Elles étaient photographiées, filmées, interviewées et entendues dans le monde entier.

Aujourd'hui, le modus operandi de la ville frontière se répète un peu partout. On ne parle plus de *désaxés* mais de *couloir de la traite*, on ne cherche plus à connaître les visages des victimes ni celui des bourreaux. Même Norma Andrade me surprend. Il y a une décennie, elle disait se battre pour sa fille mais aussi pour que les femmes puissent marcher librement dans la rue. Pendant la conférence, elle avertit juste les adolescentes de ne pas se laisser distraire par leur smartphone en marchant.

Pao, l'ancienne élève d'Amador, a essayé de rattraper ses cernes par un trait de rouge à lèvres frais. C'est la première fois qu'elle organise une conférence et pour fêter ça, elle irait bien boire un coup à *la frontière*, la zone de bars située derrière le campus.

Elle n'est qu'en deuxième année de fac, mais elle me parle de l'époque où elle traînait dans les bars après les cours comme d'un monde à jamais englouti. Elle aimait les *pulquerías*, ces vieux troquets avec leurs portes de saloon où l'on ne sert que du *pulque*, une boisson très alcoolisée à base de sève d'agave. Perchée sur un tabouret, elle dégustait son verre en bouquinant. Parfois, elle essuyait quelques remarques, mais elle ne se sentait jamais menacée.

Nous renonçons à aller boire un coup et nous nous asseyons sur la pelouse du campus pour discuter. Entre deux arbres, une banderole avertit les étudiants de ne pas traîner à la sortie et de ne pas résister en cas de braquage. Avant, les cartels passaient leurs messages par banderoles interposées. Désormais, même les universités ont adopté ce mode de communication.

– Nous n'avons plus grand-chose à perdre, nous les Mexicaines, dit Pao.

Elle ouvre son étui à lunettes, me montre son cran d'arrêt et m'explique que la nuit, elle le glisse sous son oreiller. Si elle se fait du souci, c'est surtout pour sa petite sœur de 9 ans qui a failli se faire embarquer : deux hommes l'ont attrapée par les fesses sous les yeux de sa mère qui tenait un autre bébé dans les bras. La fillette est parvenue à s'échapper mais depuis elle ne quitte plus son bas de pyjama, refusant de s'habiller, trouvant ses jeans trop moulants. La tentative d'enlèvement a eu lieu près du lotissement d'Ecatepec où Pao vit avec sa famille.

La jeune activiste a alors décidé de créer un groupe d'autodéfense entre voisins :

– C'était la semaine dernière, un dimanche de fête des Pères. Les hommes se saoulaient autour d'un barbecue, je leur ai dit qu'ils feraient mieux de passer la tondeuse. L’herbe a poussé et c’est là que plusieurs filles ont été traînées. Je ne m’y attendais pas, mais ils ont fini par obtempérer et ensuite nous nous sommes réunis pour organiser notre autodéfense.

Elle me montre sur son portable la photo de la bannière qu’elle vient de commander. Elle a choisi des lettres en rouge sur fond jaune pour un message de choc : *Violeur, kidnappeur, si nous t’attrapons, nous te castrons et te lynchons. Fais gaffe aux voisins unis !*

Quelques mois plus tard, Pao m’écrira qu’elle a dû fuir le lotissement à cause des menaces de mort venant d’un… voisin.

*

Umberto, le chauffeur de taxi, conduit le nez dans son smartphone. Il dit que sur la sierra de Guadalupe nous allons croiser des brigades de reforestation, qu’il ne faut pas les confondre avec des militaires.

– Les militaires ne montent jamais là-haut. Et s’ils font des descentes, c’est dans des quartiers où ils pourront embarquer des écrans plats et des micro-ondes, précise Amador, assis à l’avant du taxi.

Il ajoute que l’avenue San Andrés où nous venons de bifurquer est un point chaud d’Ecatepec vu qu’elle débouche directement dans la sierra où les délinquants ont repris les caches des brigands d'autrefois.

La route devient de plus en plus escarpée, mais Umberto, le chauffeur de taxi, continue à tripoter son smartphone. Cette fois, il indique sa position à des collègues. Il nous dit qu'il travaille *le Jésus dans la bouche*, que chaque semaine il apprend l'assassinat d'un ami. Il arrête parfois son taxi pour signaler les endroits où des cadavres ont été retrouvés.

Au début de notre ascension, les croix plantées au bord de la route sont en fer. Alors que nous arrivons au sommet de la sierra, elles ne sont plus qu'une trace de peinture noire sur le béton cru. Umberto explique que le quartier que nous sommes en train de traverser est celui des *parachutistes*, ainsi sont surnommés les habitants installés dans les hauteurs sans autorisation.

Amador demande à Umberto de suivre la flèche *terrain écologique*. C'est sur ce terrain que six cadavres de femmes ont été retrouvés :

– Avant, c'était des morts par balles. Ensuite, des décapités. Maintenant, des dépecés, dit Amador qui me fait signe de descendre du taxi.

L'herbe tendre, d'un vert presque fluo, est un choc visuel après ce désert bétonné. Et puis il y a le chant des oiseaux, l'air pur et le ciel bleu. Je pense à la maison de Cruz, une maison sans murs camouflée dans la verdure qui ne doit pas être très loin d'ici.

Cruz m'a invitée à déjeuner mais après avoir été elle-même menacée, elle n'est jamais revenue dans sa maison. Aux dernières nouvelles, elle voulait partir *dans le nord.*

La vallée de Mexico ondule sous la nappe de pollution. J'imagine le Río Bravo et pense à Cruz qui doit le traverser à l'heure qu'il est. Elle croit qu'elle n'a plus rien à perdre, mais elle laisse derrière elle son potager, ses arbres fruitiers, sa maison camouflée dans la verdure.

Ou peut-être qu'elle le sait mais qu'elle veut porter le deuil de Jessica Lucero en oubliant ses plats mitonnés à partir de recettes millénaires, se condamnant à la bouffe qui remplit l'estomac sans joie.

Remerciements

Toutes les personnes ayant partagé leur témoignage de façon anonyme. Et aussi celles qui m'ont renseignée ou épaulée sur le terrain : Manuel Amador, sœur Lidia Avilez, Marco Antonio Bustio, Darwin Barahonda, Lucero Beebe Giudice, Jackie Campbell, Paco Castro, Claudia Carranza, Maite Couvreur, Danielle Davis, Javier Garcia, Dina, Melba et Wendy Gonzalez, Nuria Gonzalez, sœur Socorro Gonzalez, Miriam Jerade, Las Patronas, Dilcia Molina, Mercedes Moreno, Paris Martinez, Nayeli Ochoa, Emma Obrador, Ilka Oliva, père Pedro Pantoja, Pao Paz, Norma Peña, Emma Perrigaud, sœur Phyllis Peter, père Solalinde, Michael Seifert, Mia Suppiej da Schio, Mgr Raul Vera, Pablo Zamudio, Edith Zavala, Louise Zwick.

Photo de couverture

Jessica Meléndez, 20 ans, avec ses deux enfants et son frère Oscar Eduardo, 9 ans.

Quand un homme a voulu la violer dans le train entre Arriaga et Ixtepec, Jessica l'a envoyé sous les roues d'un coup de pied. Par la suite, la photographe Isabelle Muñoz a appris que Jessica a été kidnappée à Tierra Blanca, une petite ville au sud de Veracruz.

Table des matières

Coordination éditoriale : Maude Sapin
Mise en page : Dominique Guillaumin, In Folio
Révision : Nathalie Capiez

ISBN : 978-2-35204-471-0
N° d'impression : 2019667
Dépôt légal : Janvier 2016

La couverture et la bande ont été imprimées par Déjà Link à Stains.

Achevé d'imprimer en France par CPI Bussière à Saint-Amand-Montrond (Cher) en décembre 2016.